Amor compartido

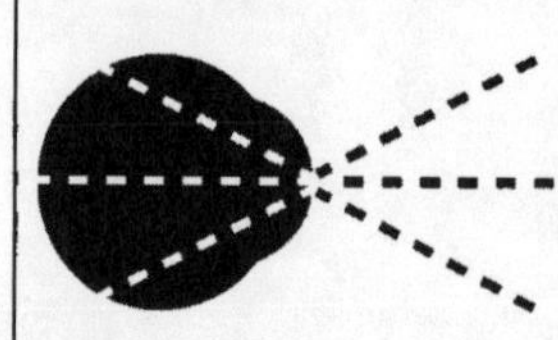

This Large Print Book carries the
Seal of Approval of N.A.V.H.

Amor compartido

Jodi Dawson

Thorndike Press • Waterville, Maine

Título original: First Prize: Marriage

Published in 2006 by arrangement with Harlequin Books S.A.
Publicado en 2006 en cooperación con Harlequin Books S.A.

Thorndike Press® Large Print Spanish.
Thorndike Press® La Impresión grande española.

The tree indicium is a trademark of Thorndike Press.
El símbolo del árbol es una marca registrada de Thorndike Press.

The text of this Large Print edition is unabridged.
El texto de ésta edición de La Impresión Grande está inabreviado.

Other aspects of the book may vary from the original edition.
Otros aspectros de éste libro podrían variar de la edición original.

Set in 16 pt. Plantin.
Impreso en 16 pt. Plantin.

Printed in the United States on permanent paper.
Impreso en los Estados Unidos en papel permanente.

Library of Congress Cataloging-in-Publication Data

Dawson, Jodi.
[First prize — marriage. Spanish]
Amor compartido / by Jodi Dawson.
p. cm. — (Thorndike Press large print Spanish)
ISBN 0-7862-8474-9 (lg. print : hc : alk. paper)
1. Counselors — Fiction. 2. Private investigators — Fiction. I. Title. II. Thorndike Press large print Spanish series.
PS3604.A979F5718 2006
813′.6—dc22 2005035592

Amor compartido

Capítulo uno

SUJÉTENSE las faldas, señoras, hoy tendremos ráfagas de hasta cien kilómetros por hora. Dixie Osborn hizo una mueca de desagrado ante el comentario pretendidamente jocoso del locutor. No estaba de humor. Llevaba un buen rato atascada en medio del tráfico y una vez más se preguntó por qué había dejado todo por ir al centro de la ciudad.

La voz de la radio le recordó el motivo.

—Sólo quedan veinte minutos para que uno de nuestros oyentes sea el afortunado ganador de nuestro concurso *Por una vez en la vida*. Recuerda, tienes que estar aquí si quieres ser el ganador.

Por suerte, la voz dio paso a la tranquila melodía de un saxofón, que se escuchaba a través del único altavoz del coche que funcionaba.

Dixie miró el indicador de la temperatura del salpicadero. Mientras se mantuviera a la mitad, no tenía de qué preocuparse. Si subía, nunca llegaría a tiempo.

Miró los vehículos de su alrededor. El sonido de su coche era el de una tartana en comparación con el rugido del coche deportivo que tenía a la izquierda. De nada le había servido tomar aquel atajo; parecía que la mitad de la población de Denver había decidido tomar el mismo camino.

Tamborileó con sus dedos en el volante, pensando en la multa que le pondrían si adelantaba a todos aquellos coches atascados por el carril contrario. Desde luego, era la única forma que le quedaba para ganar tiempo.

Una interferencia hizo perder la sintonía de la emisora y Dixie movió frenéticamente el dial hasta que la recuperó.

—Cada vez viene más gente hasta aquí, el restaurante Miner's Lady Grill en el centro comercial de la calle dieciséis. Soy Brick Dingle, tu locutor esta tarde, presentándote el concurso *Por una vez en la vida*.

«¿Qué clase de nombre es Brick Dingle?»

—Sólo quedan diez minutos para que alguien gane el premio. Una de las doscientas personas participantes se convertirá en el propietario del refugio Crazy Creek en las fascinantes Montañas Rocosas y...

El sonido de los aplausos y de los silbidos impidió oír el resto de la frase.

«Nunca llegaré a tiempo».

Giró en una calle de un único sentido. A dos manzanas de su destino, vio justo lo que necesitaba: un espacio libre en un área de descarga. Por una vez, asumiría el riesgo de aparcar en un lugar prohibido aunque fuera diminuto.

Tomó su mochila y salió por la ventanilla del coche. Ni siquiera se había molestado en arreglar la puerta, que llevaba semanas rota. Salió corriendo entre el tráfico, ignorando las bocinas del resto de los conductores. Su reloj indicaba que apenas quedaban cuatro minutos para la celebración del sorteo.

Gracias a Dios que se había puesto vaqueros. Los viernes era el día más tranquilo en el centro y la ropa que llevaba suponía una ventaja para correr. Con habilidad esquivó a los peatones e ignoró el dolor que comenzó a sentir en el costado.

La multitud que veía más adelante le sirvió de referencia de hasta dónde tenía que llegar. Todavía le faltaba un trecho para llegar a la meta. Ignoró las miradas y los codazos de su alrededor y trató de acercarse hasta el escenario desde donde hablaba el locutor.

—¿Has venido al sorteo? —le preguntó un joven desaliñado.

—Sí —dijo evitando mirarlo a los ojos.

A sus veintisiete años, sabía que aparentaba diez años menos. Según su madre, se debía a su aspecto. No le gustaba usar maquillaje y prefería llevar su larga melena recogida en una trenza. Su falta de glamour no parecía importarles a sus alumnos y, por supuesto, a ella tampoco.

Sintió frío. Aunque fuera abril, allí en Colorado la primavera era muy inestable. De un día para otro podía pasar cualquier cosa. Se cerró la chaqueta que llevaba puesta y metió las manos en los bolsillos. ¿Dónde demonios había dejado sus guantes? Probablemente entre las cosas que llevaba amontonadas en el asiento trasero del coche con todo aquello que nunca encontraba.

—Ha llegado la hora, amigos. Tu emisora preferida te trae el concurso *Por una vez en la vida* —anunció el locutor.

Dixie se puso de puntillas y trató de divisar al hombre que hablaba.

—¿Quieres sentarte sobre mis hombros?

Dixie lo miró sorprendida. Seguramente lo había entendido mal.

—¿Cómo dices?

Él dio un paso atrás.

—Así podrías ver mejor.

Dixie sacudió la cabeza. No era culpa de aquel muchacho que estuviera hecha un manojo de nervios.

—Gracias, pero puedo ver bien desde aquí.

Volvió a abrirse paso y por fin llegó hasta el escenario.

—El señor Granger, de la firma de auditores Granger, Flitch y Becker, sacará el nombre de nuestro ganador de la urna.

Por fin pudo ver de cerca al locutor de seductora voz. Era un hombre de escasa estatura y al menos treinta años mayor que ella. No respondía en absoluto a la imagen del hombre atractivo que se había hecho de él. Las fantasías nunca se daban en la vida real.

El rumor de las voces desapareció. Parecía que todo el mundo contenía el aliento. El corazón de Dixie latía con fuerza mientras el señor Granger giraba la urna. Un montón de sobres daban vueltas dentro de la gran urna metálica.

«Por favor, por favor», rezaba. Sabía que las posibilidades eran escasas, pero lo deseaba con todas sus fuerzas y los chicos del centro se lo merecían. ¿Acaso eso no contaba?

—Y ahora, señor Granger, haga el favor de elegir al ganador. Estamos todos deseando conocer su nombre.

Granger sonrió e introdujo la mano en la urna. Dixie no perdía detalle de los movimientos de aquel hombre, como si tratara de guiar sus dedos hasta el trozo de papel que tenía su nombre escrito. Respiraba entrecortadamente a través de la boca y se agarró a las asas de su mochila con fuerza.

El auditor extrajo uno de los sobres. La multitud se aproximó y Dixie recibió un empujón que a punto estuvo de hacerle perder el equilibrio.

—Por fin ha llegado el momento que todos estábamos esperando —dijo el locutor extendiendo su mano para recibir el papel con el nombre del ganador.

—¿Estáis preparados?

La multitud explotó en gritos y vítores mientras Dixie intentaba escuchar lo que aquel hombre decía.

—Y el ganador es... —retirándose el micrófono de la boca, el locutor consultó algo con Granger y algunos otros hombres vestidos con traje que estaban detrás de ellos antes de seguir hablando.

¿Qué ocurría? Dixie se preguntaba lo mismo que el resto de la audiencia.

Brick Dingle asintió a lo que le decían los hombres trajeados y volvió a acercarse el micrófono a los labios.

—Damas y caballeros, las cosas se están poniendo interesantes.

La multitud comenzó a hacer comentarios.

—Parece que a uno de nuestros concursantes le gustan mucho los caramelos. Un trozo de chocolate ha unido dos de las cartas.

No podía ser. Dixie se había limpiado los dedos antes de meter su sobre en la caja. ¿Qué posibilidades habría de que fuera su chocolate?

—Después de que anunciemos a los ganadores y de que se acerquen y se identifiquen, veremos qué pasa —dijo Dingle mientras trataba de separar los sobres—. El primer nombre es… ¿Estáis listos?

«Dilo de una vez». Aquello era una tortura y deseaba que acabara cuanto antes.

—…Dixie Osborn —gritó Dingle—. Dixie, si estás entre los presentes, ven aquí en seguida.

El cuerpo de Dixie no reaccionaba y se quedó petrificada mirando el sobre que Dingle sujetaba en la mano. Estaba segura de que había entendido mal, que tan sólo se había imaginado haber escuchado su nombre.

—Señorita Osborn, tiene dos minutos para llegar hasta aquí si no quiere ser eliminada. Ahora, veamos quién se había pegado al sobre de esta concursante.

Dixie obligó a sus piernas a reaccionar. Mientras se habría camino para subir al escenario, las personas de su alrededor le dieron la enhorabuena y comenzaron a aplaudir. Sintió que se ruborizaba al darse cuenta de toda la gente que la estaba mirando.

—... ven aquí también.

Debido a todo el ruido y a la confusión del momento, no pudo oír el nombre del otro afortunado, pero daba igual. Por fin llegó junto a la mesa y se aclaró la garganta.

—Soy Dixie Osborn.

—Amigos, no puedo oír a esta joven —dijo Dingle en un intento de que la multitud guardara silencio y acercó el micrófono a Dixie—. ¿Qué dices?

De pronto Dixie advirtió que se había convertido en el centro de atención y trató de olvidarse de la multitud que estaba a sus espaldas.

—Soy Dixie Osborn.

—Aquí viene nuestro segundo finalista.

Se giró y vio cómo la multitud se separaba para dejar paso a alguien. Finalmente pudo distinguir a su competidor. La tensión que sentía le impedía articular palabra mientras veía a aquel hombre cercarse.

El gigante que caminaba en su dirección derrochaba confianza en sí mismo. Pudo advertir que además de la altura, sus anchos hombros contribuían a darle ese aspecto imponente. Su rostro estaba enmarcado por su cabello oscuro.

Al verlo sacar su carnet de conducir, Dixie recordó que ella también tenía que identificarse.

El otro concursante se detuvo frente a ella y la miró con sus profundos ojos azules.

—Así que te gusta el chocolate, ¿eh?

Dixie asintió, incapaz de articular una frase coherente.

«Es sólo un hombre. Mantén el control antes de que te quite el premio».

Dingle se acercó hasta la mesa.

—Tú debes de ser Jack Powers.

El hombre estrechó la mano del locutor.

—Sí, soy yo. Y ahora, ¿qué tenemos que hacer?

—Dado que nuestros sobres estaban pegados, ¿quién va a ser el ganador? —preguntó Dixie que se sorprendió por el ligero titubeo que presentaba su voz.

—De momento, ninguno de los dos ha ganado todavía.

No estaba dispuesta a dejarse vencer y poner en juego el futuro del centro.

El locutor se situó entre ellos.

—Aunque en la emisora no se nos ocurrió que algo como esto pudiera pasar, nuestros auditores tenían planeado cualquier imprevisto que pudiera surgir.

Dixie se giró y observó al auditor, que sujetaba un sobre entre las manos.

—Señor Granger, haga el favor de leer qué pasa en el caso de que se dé un empate. Estoy seguro de que nuestros afortunados están deseando oír lo que tiene que decirnos.

Lo último que se sentía Dixie era afortunada. Había estado cerca de lograr su sueño, pero ahora parecía haberse convertido en una pesadilla. Miró a ambos lados y sus ojos se volvieron a encontrar con los del hombre que estaba esperando la misma respuesta que ella. La camiseta negra que llevaba, marcaba su fuerte y musculoso pecho, distrayendo su atención.

«Concéntrate, Dixie», se dijo y volvió a mirar al auditor.

El señor Granger abrió lentamente el sobre y se quedó en silencio unos segundos leyendo su contenido.

—En el caso de que se produzca un empate, los afortunados pasarán cuatro días y tres noches en el refugio. Si transcurrido ese plazo ambas partes continúan allí, el título de propiedad se echará a suertes lanzando una moneda al aire.

La multitud rompió en risas y gritos. Estupendo. Iba a tener que pasar varios días con aquel hombre primitivo, que seguramente estaría convencido de que el refugio acabaría siendo suyo. Aunque las cosas se pusieran feas, no estaba dispuesta a darse por vencida fácilmente. Mirándolo con el rabillo del ojo, pudo comprobar que Jack Powers había fruncido ligeramente los labios.

Brick Dingle rió.

—Parece que la intriga se mantendrá hasta el final, amigos. ¿Tenéis algo que decirnos?

Los pensamientos de Dixie se atropellaban en su cabeza. Había empezado a hacer el listado de las cosas que iba a necesitar hacer, como pedir permiso en el trabajo o buscar con quién dejar a su perro. Pero de repente, todo eso dejó de tener importancia. Su mirada se encontró con la de su rival y extendió su mano.

—Acepto el reto. Buena suerte, señor Powers.

Él se puso unas gafas de sol y estrechó la mano de Dixie.

—Lo mismo digo, señorita Osborn —dijo él. Los músculos de su mandíbula se veían tensos.

Dixie sintió el calor de su piel y soltó rápidamente su mano. No le quedaba otra opción más que ganar. Los chicos del centro confiaban en ella.

—Continuad sintonizándonos y sabréis cómo acaba todo esto. Os mantendremos puntualmente informados —anunció Dingle—. Esto promete ser muy entretenido.

Dixie sonrió como una estúpida al mayor obstáculo para conseguir su propósito y que era el hombre que estaba allí de pie junto a ella. Estaba decidida a hacerse con el refugio Crazy Creek costara lo que costara.

«¿Qué voy a decirle a Emma? ¿En qué me ha metido?»

Aunque apenas había prestado atención cuando su tía Emma le dijo que había dado su nombre en un concurso de la radio, Jack sabía lo mucho que significaba para ella aquel refugio en las montañas. Se sentía culpable. Había empatado con alguien que había participado directamente en el concurso y al fin y al cabo, él estaba allí por Emma y sus sueños.

Jack se cruzó de brazos tratando de intimidar, pero no parecía estar consiguiendo el efecto deseado. En lugar de mostrarse cohibida, Dixie Osborn lo miró y levantó la barbilla orgullosa. No parecía haberse dado cuenta de que en aquella postura, sus redondos pechos se hacían más prominentes. Quizá pasar tres noches con aquella mujer no fuera tan mala idea.

No, lo último que necesitaba en aquel momento era una mujer. Ganar el refugio era muy importante para Emma y no podía distraerse pensando en seducir a la señorita Osborn sobre una alfombra de piel de oso.

Jack volvió a mirarla, preguntándose si

trataría de usar sus encantos femeninos para persuadirlo de que la dejara ganar el premio. Emma contaba con él y no debía olvidar eso. No podía fallarle. Toda su atención debería estar puesta en ella y en ganar el concurso por ella.

«Resistiré la tentación», pensó mirando de nuevo el pecho de Dixie. Tan sólo tenía que ignorarla.

Dixie se dirigió al auditor.

—Así que lo único que tenemos que hacer es pasar tres noches en el refugio, ¿no?

Jack fijó la mirada en los vaqueros que aquella mujer llevaba puestos y sacudió la cabeza. Últimamente había pasado demasiado tiempo trabajando y era evidente que necesitaba salir un poco y divertirse.

—Las condiciones en el refugio dejan mucho que desear —dijo el señor Granger, enfatizando las últimas palabras.

Aquel comentario llamó la atención de Jack.

—¿A qué se refiere?

El auditor se rascó el cuello nervioso.

—El anterior propietario cerró el refugio hace veinte años.

A Jack no le gustó eso.

—¿Por qué nadie en la emisora sabe en qué estado está ese refugio? Al menos estará habitable.

—En los anuncios no se decía nada sobre su estado.

—¿Hay agua y electricidad? —preguntó Dixie—. ¿Qué es lo que saben exactamente?

«Al menos no parece tonta», se dijo Jack. Quizá iba a ser más difícil de lo que parecía convencerla de que le dejara ganar.

El señor Granger sacó un papel del sobre.

—Este es un mapa de cómo llegar al refugio. La estancia comenzará dentro de dos días, a las diez de la mañana exactamente. En cuanto firmen estos documentos de renuncia de responsabilidad para la emisora, habremos acabado.

—¿Cómo sabrán si vamos o no? —preguntó Jack mirando el mapa.

Se había percatado de que a Dixie le temblaba el labio. Así que estaba nerviosa. Quizá el aullido de algún lobo fuera suficiente para que saliera de allí corriendo.

—Cada uno vigilará al otro. Al fin y al cabo, el refugio está en juego —dijo el auditor y advirtió que Jack lo miraba con una ceja levantada—. Les deseo buena suerte. Yo iré a visitarlos a mediodía del cuarto día para asegurarme que los dos continúan allí y si fuera necesario, determinar quién es el ganador.

El hombre se giró para marcharse y Dixie

lo tomó de la manga de la chaqueta.

—¿Habrá alguien acompañándonos? —preguntó y sintió que sus mejillas se ruborizaban.

«¿Acaso se siente incómoda por estar a solas conmigo?» Quizá si continuaba mirándola, conseguiría cohibirla y ella renunciaría a seguir adelante con aquello. No, no haría eso. Intimidar a una mujer no era su estilo. Además, estaba seguro de que en cuanto Dixie viera el refugio pondría rumbo a su casa, eso, si llegaba a dar con el sitio.

—Te aseguro que estarás a salvo conmigo.

Ella lo miró arqueando las cejas.

—No quiero que te ofendas, pero los verdaderos delincuentes no van por ahí anunciando sus intenciones.

—Si quieres darte por vencida ahora... —dijo él retándola.

Un poco de competencia no estaría mal, así sería más interesante. Todavía sentía no haber participado en aquel concurso por sí mismo en lugar de hacerlo por Emma.

Después de quedarse fijamente mirándolo con sus ojos verdes, Dixie negó con la cabeza.

—No, no me daré por vencida fácilmente. Hay demasiado en juego.

¿Por qué querría aquella mujer un refugio

que estaba en mitad de la nada?

—Entonces, nos veremos dentro de dos días.

—Cuenta con ello. Y cuatro días más tarde, despídete de Crazy Creek.

Capítulo dos

DOS horas más tarde, Jack entregó una carpeta al cliente que estaba sentado al otro lado de su mesa. Olía a tabaco y a fritura. Estaba convencido de que aquel hombre, aunque se vistiera con un traje italiano de mil dólares, seguiría pareciendo igual de vulgar.

Jack se aclaró la garganta.

—Como puede ver por las fotos, hemos confirmado que su esposa mantiene una relación con su entrenador personal.

Jack frunció el ceño, mientras contemplaba las imágenes de los apasionados abrazos de la pareja que aparecía fotografiada.

Después de las reuniones que había mantenido con aquel tipo, había llegado a entender por qué su esposa había buscado el amor en los brazos de otro hombre. Pero su misión no era juzgar sino recoger las pruebas en fotografías. No le gustaba lo que hacía y confiaba en poder volver a dedicarse al espionaje industrial.

—Son unas fotos estupendas —dijo el señor Boyd, que no parecía estar afectado ante la evidencia de la infidelidad de su esposa—. Ahora no podrá alegar en el juicio mi aventura con mi secretaria.

¿Por qué no había escuchado a su tío Vincent cuando le propuso hacerse cargo del negocio familiar de tintorería?

—Acerca del último pago…

El hombre se introdujo la mano regordeta en la chaqueta y sacó un fajo de billetes que dejó sobre la mesa.

—Esto será suficiente. Me ha gustado hacer negocios con usted —dijo antes de irse.

Un rato después de que se hubiera ido, Jack seguía contemplando el dinero. Sentía la necesidad de desinfectar aquellos billetes antes de tocarlos. ¿Cuándo había dejado de ser divertido aquel empleo? A pesar de todo, le gustaba no tener jefes y poder elegir los trabajos.

Pero ya estaba harto de tantas infidelidades. ¿Es que acaso ya nadie era fiel?

Llamaron a la puerta suavemente.

—Pasa, Emma, ya se ha ido.

Nadie tenía aquel modo tan delicado de llamar como su tía abuela y secretaria.

—Ese hombre me pone enferma —dijo ajustando un mechón de su cabello gris que se le había soltado del moño—. Me pregunto por qué dejé mi trabajo en la oficina de aquel coronel.

—Porque me quieres y no soportas ver muertos —dijo Jack. Se puso de pie y miró a través de la ventana—. ¿Conseguiste posponer la investigación de Reynolds?

—Claro, pero ¿estás seguro de esto? Sé que no te entusiasmaba la idea de participar en el concurso.

Era cierto, pero había aceptado hacerlo por ella.

—Bueno, ya está hecho. De lo que no estoy seguro es de que quiera dejar el apasionante mundo de la investigación para ocuparme de llevar un refugio. Imagino que acabaré haciéndome a la idea. ¿Sigues dispuesta a ocuparte de la contabilidad si ganamos el refugio?

Un brillo especial asomó a los ojos de Emma.

—Por supuesto. Sabes que puedes contar conmigo para lo que necesites. La verdad es que no esperaba que sacaran tu nombre. Has trabajado tanto que me pareció que podía ser una buena idea participar en el concurso. Lo único que quiero es que seas feliz.

Sí, lo sabía. Emma lo había criado y lo quería como si fuera su propio hijo. Se había ocupado de él desde que sus padres fallecieran. Había hecho todo lo necesario para que fuera a la universidad y siempre se había sacrificado por él. Ahora, había llegado el momento de agradecérselo. Se merecía disfrutar de la vida en sus años de madurez y Jack quería asegurarse de que lo hacía.

—Bueno, todavía no he ganado —admitió Jack—. Tengo que pasar cuatro días en el refugio —y rascándose la frente, añadió—. Apuesto a que mi rival se asustará y no pasará de la primera noche. Ya sabes, animales salvajes, extraños ruidos y todo eso.

—¿Por qué crees que no lo logrará?

Jack recordó la mirada de determinación de Dixie. Estaba claro que era una luchadora y eso le gustaba.

—Quizás tengas razón. Parecía una mujer dispuesta, además de bonita.

—¿Bonita? —repitió Emma con curiosidad.

—No te equivoques. Esto es pura competición y no hay nada personal en ello. Además, esa mujer aparentaba no más de veinte años y quizá sus padres no le permitan irse a un refugio en mitad de la montaña con un completo desconocido.

Emma se dirigió a la puerta.

—No importa, no estoy dispuesta a presentar mi dimisión hasta que transcurran esos cuatro días.

—Pues empieza a redactarla. Ya verás cómo ese refugio acabará siendo tuyo.

Eso esperaba. Tenía que ganar por Emma y nada podía distraerlo de su objetivo. Ni siquiera una mujer de tentadores ojos verdes y con un cuerpo de impresión.

Dixie se detuvo y acarició la cabeza de Sadie. La perra no sabía que Dixie apenas tenía unas horas para dejar todo listo. Miró la cantidad de cosas que tenía desparramadas en el salón y se retiró un mechón de pelo del rostro. Parecía que un vendaval había atravesado su apartamento y había dejado todo hecho un desastre.

—¿Qué debería llevarme? Además de a ti, claro —dijo acariciando a Sadie.

Unos días al aire libre no les vendría mal a ninguna de los dos. Además, se sentiría más protegida con Sadie a su lado. Aunque estaba segura de que en cuanto viera a Jack, la perra se asustaría y saldría corriendo en dirección contraria. Pero era mejor que nada.

Mientras preparaba sus botas de montaña, el timbre de la puerta sonó.

—Pasa, Maggie. Está abierto.

Su amiga se asomó desde la puerta e hizo una mueca de horror deteniéndose bruscamente al pisar un saco de dormir.

—No seas tan exagerada, Maggie.

—Sólo he estado una hora fuera y esto está peor que cuando me fui. Pero, ¿qué demonios intentas hacer? —dijo Maggie sujetando en una mano su bolso y en la otra una pizza mientras se dirigía a la cocina—. Prepara unos platos y te ayudaré a hacer las maletas.

—Eres un encanto —dijo Dixie sonriendo y entrando en la cocina—. Sólo quiero llevarme lo indispensable para pasar unos cuantos días en el bosque.

—¿Así que no te dieron información sobre las condiciones del refugio? ¿Estás segura de que quieres hacer esto? Ni siquiera conoces a ese hombre.

Dixie tomó unos platos y unas servilletas y regresó al salón.

—No y no creo que intente hacer nada ya que la emisora conoce sus datos. Él sería el primer sospechoso en el caso de que me encuentren sepultada en la parte trasera del refugio —bromeó.

—Sabes a lo que me refiero. ¿Qué pasa si trata de abusar de ti?

—No creo, los hombres no suelen fijarse en mí. Además, no lo has visto. Ese hombre es muy apuesto y probablemente tenga una atractiva mujer esperándolo en casa —dijo Dixie tomando un trozo de pizza—. Además, lo último en lo que puedo pensar ahora mismo es en un hombre.

Maggie la miró como si acabara de blasfemar.

—Siempre hay tiempo para un hombre.

Dixie dio un bocado a su trozo de pizza ignorando el comentario de su amiga. Le había dicho a Maggie en numerosas ocasiones que no tenía interés en mantener una relación con un hombre en aquellos momentos, que tenía bastante con su trabajo y con su perra. Incluso ella misma trataba de convencerse de que así era. En ocasiones, soñaba con algo más en su vida, pero, fantasías a parte, tenía una meta y un hombre no formaba parte de ella en ese momento.

—¿Has sabido algo del banco?

La pregunta de Maggie la devolvió a la realidad y le recordó los motivos por los que necesitaba hacerse con aquel refugio.

—No y el centro de ayuda para jóvenes necesita una ubicación permanente. Nuestros fondos están prácticamente agotados. Espero que si consigo ese refugio el banco nos amplíe la hipoteca.

Maggie se limpió los labios con la servilleta y sacudió la cabeza.

—No te hagas demasiadas ilusiones, cariño.

—En estos momentos, es nuestra única opción. Necesitamos ese refugio.

Sadie devoró un trozo de pepperoni que se le había caído a Dixie al suelo y agitando la cola se quedó a la espera de más.

—¿Estás segura de que no quieres venir

conmigo? —dijo Dixie dirigiendo una mirada de pena a Maggie—. Podrían ser unas pequeñas vacaciones.

—No, amiga mía. Vivir en un bosque puede ser tu ilusión, pero a mí me da urticaria sólo de pensar en todo eso —respondió y dio otro bocado a su trozo de pizza.

—¿A qué te refieres?

—Ya sabes, a los animales, los árboles y todo ese tipo de cosas.

—Excusas, excusas. Aquí en la ciudad también tenemos esas cosas.

—Sí, pero están en jaulas o en macetas. No te preocupes, te visitaré en cuanto ganes. Ahora, tú recoge la cocina mientras yo termino de prepararte las maletas.

Era una amiga estupenda, ofreciéndose de aquella manera para hacerle las maletas. Mientras fregaba los platos, Dixie repasó mentalmente su lista. Había hecho los arreglos necesarios en el trabajo, había comprado comida para Sadie y le había dicho a su vecina, la señora Underwood, que estaría fuera de su apartamento unos cuantos días. Pero había olvidado una cosa: llamar a su madre. Dixie se dio una palmada en la frente. Sabía que se le olvidaba algo. Todavía no le había contado nada de Jack Powers y el refugio. Tenía que llamarla antes de irse. Era capaz de llamar a la guardia nacional si pasaba varios días sin hablar con su hija. Al menos debería dejarle un mensaje.

—Asegúrate de dejar la dirección del refugio anotada —gritó Maggie desde la habitación.

—Está escrito en la libreta que hay junto al teléfono. Está a las afueras de Pagosa Springs, a sólo treinta kilómetros de la civilización. ¿Está todo listo?

Maggie salió del dormitorio. El desorden había desaparecido y todo parecía haber vuelto a su sitio.

—¿Cómo lo consigues?

—¿El qué?

—Hacer en cinco minutos lo que yo no he podido terminar en todo el día —dijo Dixie dejándose caer en el sofá.

—A ti se te da bien tratar con las personas, a mí con las cosas. Por eso tú eres buena consejera y yo una compradora compulsiva de ropa —dijo Maggie sentándose sobre sus piernas—. Sigue hablándome de ese Powers.

¿Por qué no podía Maggie interesarse en el refugio en lugar de seguir preguntando por aquel hombre? Dixie suspiró, cerró los ojos y volvió a contarle lo mismo por décima vez.

—Mi sobre tenía una mancha de chocolate y…

Jack volvió a pasar sobre otro bache que hizo que su camioneta se agitara violentamente. Tigger ladró y trató de mantener el equilibrio en el asiento del copiloto. Rápidamente, redujo la marcha y levantó el pie del acelerador sin quitar ojo al camino. Jack alargó la mano y dio una palmada reconfortante a su perro, que le correspondió lamiéndole la cara. Otro agujero en al carretera sacudió la camioneta. ¿Acaso el ejército había usado esa zona para probar algún tipo de munición? A juzgar por las condiciones en que se encontraba la carretera por la que llevaba circulando durante la última hora, era más que una posibilidad. Si ganaba el refugio para Emma, aquella carretera era lo primero que iba a arreglar.

Girando bruscamente el volante, tomó un desvío. ¿Cuánto quedaba? El guardabosques le había marcado el lugar en el mapa y ahora lo único que tenía que hacer era dar con el refugio. Debería ser sencillo, pero el mapa que le habían dado en la emisora de radio no detallaba las distancias.

Al menos le reconfortaba pensar que si le estaba siendo difícil llegar en su camioneta, quizá para Dixie Osborn fuera imposible.

De pronto, divisó una construcción hecha de troncos junto al que había un viejo coche naranja.

Era imposible que hubiera llegado antes que él, pero ¿quién podía estar allí en un coche tan poco apropiado para aquel terreno?

Como si estuviera confirmando sus sospechas, Dixie apareció tras una esquina del edificio con las manos llenas de piñas.

Quizá fuera una amante de la naturaleza o de ese programa de decoración que tanto le gustaba ver a Emma en la televisión.

Aparcó junto al coche, apagó el motor y abrió la puerta. Al verlo, Dixie se detuvo en seco y dejó caer las piñas que llevaba entre las manos. Se giró hacia los árboles y silbó.

¿Qué estaba haciendo? Jack sujetó a Tigger por el collar para evitar que saltara de la camioneta.

—Ven aquí.

Un golden retriever se acercó hasta ella con la lengua fuera y meneando el rabo. Tigger trataba de liberarse de su mano. Estupendo, ahora su perro se había puesto nervioso al ver a aquella mujer y a su perro. Iban a ser cuatro largos días.

Riendo, Dixie lo miró. Su larga melena suelta ondeaba alrededor de su rostro y Jack sintió que su cuerpo se tensaba.

¿Por qué no podía ser una abuela de ochenta años?

Sujetando con fuerza a Tigger, se acercó hasta ella.

—¿Cómo has conseguido llegar antes que yo? Se tardan seis horas desde Denver.

—Vine anoche y me quedé a dormir en Pagosa Springs. Quería ver amanecer en el refugio —dijo Dixie y se sonrojó—. Tienes un perro muy bonito.

Tigger se acercó hasta el otro perro y ambos se olieron antes de empezar a menear las colas.

—Parece que van a llevarse bien —dijo Jack mientras soltaba a Tigger de su correa—. ¿Qué ocurre?

—Es macho, ¿verdad?

—¿Te refieres a Tigger?

Dixie esbozó una sonrisa.

—¿Tu perro se llama Tigger?

—El nombre se lo puso mi tía abuela.

—Sadie es hembra.

—Bien —dijo Jack. ¿Se estaba perdiendo algo?

—Y está en celo.

Ahora comprendía el interés de Tigger en Sadie.

—Esto se pone interesante.

—Cuando volvamos, tengo pensado llevarla al veterinario para, bueno ya te lo imaginas —dijo volviendo a sonrojarse.

¿Le avergonzaba hablar de la vida sexual de su perra? Parecía que sí.

—Trataré de controlar a Tigger, pero va a

ser difícil. Parece que a Sadie le ha gustado.

Los dos perros jugaron y se persiguieron uno a otro hasta que finalmente se tumbaron a descansar a la sombra de un árbol.

Dixie se quedó mirando a los perros mientras Jack la miraba a ella. Incluso con los vaqueros y el jersey que llevaba, su cuerpo era tentador. Recordó que le había dicho a Emma que Dixie tendría unos diecinueve años.

—¿Cuántos años tienes?

Sorprendida, se tomó unos segundos antes de contestar.

—Veintisiete, ¿por qué?

—¿Alguna vez te han dicho...?

—¿Qué parezco una adolescente? Sí, frecuentemente. Por suerte, eso en mi trabajo es una ventaja.

—¿Trabajas como agente secreto en los institutos?

Dixie rompió a reír.

—No, soy asesora de niños con problemas y de adolescentes que se han ido de casa.

No era lo que había esperado, pero tampoco se había imaginado nada. Decidió dejar de pensar en ella y concentrarse en la razón que les había llevado hasta allí.

—¿Has estado ya dentro?

Dixie se giró para mirar el refugio y se protegió los ojos del sol con la mano.

—Pensé que lo justo es que lo hiciéramos juntos.

Aquello lo sorprendió. Por su trabajo no estaba acostumbrado a tratar con personas honestas.

Se quedó mirando la edificación de dos plantas. Estaba rodeada de un porche. Las ventanas estaban cerradas y la puerta era de madera y parecía estar hecha artesanalmente. Jack subió los escalones del porche y miró con curiosidad una marca que había en la puerta.

—¿Qué se supone que es esta marca?

—Según tengo entendido, son un alce y un lobo entrelazados dentro de un corazón.

Dixie se acercó hasta él y Jack pudo sentir el calor de su cuerpo a través de la manga de su camisa.

—¿De veras ves todo eso? —preguntó Jack separándose.

—No, pero el guardabosques me dio unas cuantas explicaciones del refugio —dijo ella girando el pomo de hierro de la puerta—. ¿Estás listo?

—Por supuesto —contestó y Dixie abrió la puerta.

Un aire frío salió del interior. El ambiente estaba lleno de polvo tal y como se veía a través de los rayos de sol que se filtraban por las contraventanas. El techo tenía la altura de dos pisos y el único mobiliario de aquella estancia eran dos mecedoras.

Dixie se quedó mirando la enorme chimenea que iba desde el suelo hasta el techo y que estaba en la pared más alejada. Se imaginó la habitación llena de gente joven hablando y riendo, con el fuego encendido. Le gustaba aquel sitio.

Se giró y se encontró con la mirada de Jack. Sintió que el corazón le daba un vuelco. Debía ser la misma mirada que ella había puesto apenas unos segundos antes. A él también le había gustado el sitio. Seguramente tenía una lista enorme de amigas con las que le gustaría pasar una noche en aquel refugio, como si de un escondite secreto se tratara.

—Tiene grandes posibilidades —dijo Dixie rompiendo el silencio.

—Con mucho esfuerzo y trabajo.

Dixie recorrió con la mano la pared que había junto a la puerta en busca del interruptor de la luz, pero no lo encontró.

—Parece que no hay electricidad —dijo Dixie dando la espalda a su acompañante y entrando en lo que parecía el salón.

—Así parece más auténtico. Estando tan lejos del pueblo más próximo, habría sido extraño que hubiera habido electricidad.

Habrá que poner un generador —dijo Jack y se detuvo junto a la enorme chimenea—. Hay mucha leña fuera y he traído un candil.

¿Quién se había creído que era, hablando como si el refugio ya fuera suyo?

—Yo también he traído un candil —dijo dispuesta a demostrar que ella también había ido preparada—. Sadie y yo encontramos un manantial de aguas termales al otro lado de la pradera.

—Así nos podremos lavar. He traído agua mineral para beber —dijo Jack bajando el tono de su voz mientras ella recorría el refugio.

Aquello debía de ser la cocina. Una gran estufa de hierro con tres quemadores estaba en el rincón más alejado. Una mesa rústica estaba situada en medio de la estancia, con tres sillas. Con las dos viejas mecedoras que había en el salón, eran los únicos muebles que habían visto hasta ese momento.

—Subamos arriba —dijo Jack—. Espero que haya más muebles. Este suelo no parece un lugar cómodo para dormir.

Dixie lo siguió a través de la gran escalera al piso de arriba. Al levantar la mirada, se fijó en el trasero de Jack y tuvo que contener una exclamación de admiración. Era perfecto y decidió retirar la mirada. Tenía que concentrarse en la razón principal que la había llevado hasta allí, que no era otra que ganar el refugio y ayudar a los chicos que dependían de ella. Lo único que tenía que hacer era imaginar que el hombre que estaba frente a ella era un robot.

Jack se detuvo en seco y Dixie se topó con su espalda. Con la nariz pegada a su camisa, era imposible convencerse de que se trataba de un frío y metálico robot en lugar de un hombre de carne y hueso.

El aroma de su piel la atormentaba. ¿Por qué no desprendía un olor repugnante en vez de aquel aroma tan sensual?

—Lo siento, no sabía que estabas tan cerca —se disculpó Jack y haciéndose a un lado hizo un gesto hacia las puertas que había a la izquierda—. Por favor, elige tú la habitación.

Separándose de su camisa, se dirigió hacia la primera puerta y la abrió. Habían tenido suerte y no tendrían que dormir en el suelo. Había una pequeña cama de hierro forjado con un grueso colchón que parecía confortable.

—Parece que después de todo, no vamos a tener que dormir en el suelo —dijo Dixie y se acercó a la siguiente puerta—. Ahora es tu turno.

Él empujó la puerta, pero se quedó parado allí en mitad del pasillo sin entrar. Dixie lo miró. ¿Por qué no pasaba o decía algo? Se acercó hasta él con cuidado para no tocarlo y se asomó a la habitación.

—¡Oh!

El único mueble que había era una gran cama con un dosel de madera. Las cuatro columnas se elevaban hacia el techo como cuatro silenciosos centinelas y el colchón estaba cubierto con una colcha blanca.

—Bueno, parece que lo vamos a tener que echar a suertes —bromeó Dixie buscando una moneda en su bolsillo.

Jack la tomó por el brazo para detenerla.

—Quédatela.

—Te lo agradezco, pero esta cama es más grande que la otra. Es lo justo, tú eres más grande que yo —dijo Dixie con la mirada fija en la cama imaginándosela a la cálida luz de la chimenea. En su fantasía, había dos cuerpos bajo las sábanas. De pronto, sacudió la cabeza. Tenía que evitar imaginar cosas como aquélla.

Un momento. Había algo extraño en la habitación. Dixie de dirigió a la chimenea, se agachó y miró dentro. Estaba diseñada para dar a las dos habitaciones. Desde allí, podía ver su cama a través de la parrilla. Jack se acercó a la cama y retiró la colcha.

—Alguien ha preparado esta habitación.

—¿Cómo lo sabes?

—No hay polvo —dijo él dando una palmada al colchón—. También hay troncos en la chimenea preparados para ser encendidos. ¿Por qué no miras en ese baúl que hay bajo la ventana? Abriré para que entre un poco de aire fresco.

¿Cómo se había dado cuenta de aquellos detalles tan rápidamente? Se acercó hasta el baúl y lo abrió.

—¡Sábanas! —exclamó Dixie y acercó una sábana blanca a su nariz para olerla—. ¡Y están limpias! ¿Habrá sido el señor Granger?

—Lo dudo. Él no sabría llegar hasta aquí. ¿Qué más te dijo ese guardabosques? —dijo Jack acercándose a la ventana. Parecía estar atascada y tras varios intentos consiguió abrirla.

El aroma de los pinos invadió la estancia. Dixie sacó un juego de sábanas y comenzó a hacer la cama.

—El guardabosques me dijo que el anterior propietario compró este lugar para regalárselo a su esposa. Imagino que ésa es la razón de que esté aquí esta cama —afirmó Dixie y trató de no imaginar aquella habitación como una suite para enamorados—. Resulta que ella lo abandonó y él prometió que nadie vería este sitio si ella no estaba aquí para compartirlo con él.

Jack continuó mirando por la ventana y no respondió nada.

—Al final, ese tipo tapió las ventanas y vivió como un ermitaño —continuó Dixie mientras extendía las sábanas—. Apenas iba al pueblo y nunca pagó sus impuestos. El estado acabó por embargarle el refugio y la emisora de radio lo compró. El resto ya lo sabemos.

Dixie estiró la sábana. ¿Por qué le estaba haciendo la cama?

Él siguió sin decir nada. ¿Por qué le había pedido más detalles del sitio si no iba a prestarle atención? Una cosa era ser reservado y otra muy distinta era ser un maleducado.

—¿Me estás escuchando? —preguntó Dixie y sintió que la boca se le quedaba seca.

Quizá después de todo, sí fuera un hombre peligroso.

—¿Dijiste que Sadie está en celo?

Dixie se acercó hasta la ventana y miró hacia donde él lo estaba haciendo. Su corazón dio un vuelco.

—¿Qué está haciendo tu perro?

—Creo que es evidente. Y parece que a tu perra le está gustando.

Capítulo tres

DIXIE se agarró al brazo de Jack.

—Haz que se detengan ahora mismo.

—A estas alturas, lo mejor será que les dejemos terminar.

—Pero no puede... Tengo una cita para esterilizar a Sadie.

—Lo mejor es dejar que la naturaleza siga su curso.

¿Qué había querido decir con eso? Se separó bruscamente de él. Su mirada se detuvo en la cama antes de volver a mirarlo.

¿Qué le estaba pasando? ¿Por qué se empeñaba en dar un doble sentido a todo lo que él decía? ¿Por qué no podía mostrarse relajada en vez de como una solterona amargada?

Consciente de su silencio, Jack se retiró de la ventana y la miró.

—Voy a sacar las cosas de mi camioneta.

Jack salió de la habitación sin prestar atención a la cama. Así que era tan sólo su imaginación, pensó Dixie y suspiró.

En cuatro días todo habría acabado. El refugio sería suyo y tendría que reorganizar su vida para dedicarse a dirigirlo. Pero, ¿iba a ser así de fácil?

Jack ignoró el rugido de su estómago que le recordó que no había desayunado y metió tres cajas en el salón del refugio. En el piso de arriba se oía el abrir y cerrarse de puertas. Dixie debía de estar explorando el lugar.

Bien. Mientras ella estuviera en el piso de arriba, podría pensar con más tranquilidad. Con un poco de suerte, en cuatro días le quitaría el refugio.

No, eso no era del todo exacto porque el refugio no era de Dixie. Aunque si ganaba tampoco sería suyo, ya que no había sido idea de él participar en el concurso sino de Emma. Era el sueño de su tía y tenía que hacer todo lo posible para que se hiciera realidad. Debía recordar que ése era el motivo por el que estaba allí. Si no hubiera olvidado esa circunstancia, no se habría percatado de que Dixie no llevaba sujetador.

Le había sido imposible retirar la mirada del suave bamboleo de sus senos bajo su camisa, especialmente mientras hacía la cama. Entre aquella cama doble y los perros apareándose, apenas había podido detener los pensamientos lascivos que lo asaltaban.

Tenía que ignorar los evidentes intentos de Dixie por distraerlo y mantener la guardia levantada para que no lo convenciera de que la dejara ganar y quedarse con el refugio. Estaba decidido a ganar él, pasara lo que pasara. Se lo debía a Emma.

Tenía que dejar de pensar en Dixie, pero le era imposible. No podía evitar preguntarse si ella habría llevado el equipo adecuado para aquellos días. El mes de abril en las montañas no era precisamente un mes cálido. Aunque nada de eso era su problema, una voz en su interior no dejaba de recordarle que debería ir a comprobar cómo estaba Dixie.

Dixie se asomó por la ventana y vio a Sadie y Tigger descansando bajo los árboles. Lo único que faltaba en aquella estampa era un cigarrillo en los labios de los perros. Se los veía relajados y pasándolo bien, ¿por qué no iba a ser así? Hasta hace un rato eran completos extraños y ahora habían intimado.

Apartándose de la ventana, Dixie evitó volver a mirar la cama donde Jack dormiría. Unos minutos más tarde, estaba haciendo la cama de la otra habitación en la que ella dormiría. Se retiró un mechón de pelo de la cara y desde donde estaba, miró hacia la cama de Jack. Quizá fuera una buena idea poner algún tipo de pantalla que impidiera la visión.

Claro que los dos eran adultos y tendrían que usar la chimenea cuando el sol se pusiera tras las montañas del oeste. Cuatro días podía ser mucho tiempo, especialmente teniendo a la tentación al otro lado de las llamas de la chimenea. Pero tenía que tener presente en todo momento cuál era el objetivo principal de su estancia allí.

—Pronto se hará de noche.

Por poco se le cae la almohada a la que le estaba colocando la funda al oír su voz y se quedó mirando los troncos que Jack llevaba entre las manos. ¿Cómo podía un hombre tan corpulento ser tan sigiloso?

Él dirigió la mirada hacia la chimenea.

—Pensé que sería una buena idea dejar algo de leña en las dos habitaciones. Así si cualquiera de los dos se despierta de madrugada podrá alimentar el fuego si hace falta.

Jack se agachó para dejar los troncos en el suelo y Dixie advirtió que los vaqueros que llevaba puestos marcaron los músculos de sus muslos.

Iba a ser incapaz de dormir en toda la noche.

—Gracias. Si tienes hambre, tengo unos sándwiches que compré en el pueblo.

—Estupendo —dijo él girándose para mirarla.

Dixie sintió que el corazón comenzaba a latir desbocado y simuló estar concentrada en lo que hacía. Nunca antes una funda de almohada había llamado tanto su atención.

Después de observar a Dixie durante unos segundos como si pudiera leer sus pensamientos, Jack se puso de pie.

—¿Te incomoda esta chimenea?

Dixie se encogió de hombros, pretendiendo que no le importaba.

—No más que la falta de agua corriente.

Pero, ¿no había decidido mostrarse relajada?

Jack sonrió y salió de la habitación, ofreciéndole otra de sus vistas traseras.

Suspirando, Dixie se dejó caer en la cama y abrazó la almohada, tratando de controlar los latidos de su corazón.

Quizá debería decirle cuánto necesitaba el refugio y lo mucho que los chicos del centro disfrutarían en un sitio como ése. Seguramente él no querría el refugio para nada tan importante. Dixie sacudió la cabeza. Aquello era una estupidez y parecería que estaba recurriendo a sus armas femeninas para convencerlo de que la dejara ganar.

No, no seduciría a aquel hombre sólo para ganar el refugio. Además, tampoco sabía cómo hacerlo. Quizá después de todo, su madre tuviera razón y lo que le convenía era salir más a menudo.

Sacudió la almohada y la dejó en su sitio. Al hacerlo, advirtió que había una letra c bordada en una esquina de la funda. ¿Qué querría decir aquella letra y quién les habría facilitado las sábanas?

Bueno, tampoco era tan importante, pero se alegraba de tener sábanas limpias.

Los perros comenzaron a ladrar y Dixie bajó la escalera deteniéndose ante el gran ventanal del salón. Frotó el cristal con la manga de su camisa para limpiarlo y miró fuera. Al contemplar la escena, sonrió.

Jack trataba de mantener el equilibrio con una caja en las manos, mientras los perros giraban a su alrededor tratando de jugar con él. Sadie pasó muy cerca de sus piernas haciéndole dar un traspié, pero él se las arregló para no caerse. Dixie se llevó una mano al pecho en un intento por controlar su corazón desbocado. Sabía que el motivo de su reacción era en parte por él. Aquel hombre era pura dinamita. ¿Por qué tenía que resultarle tan atractivo?

Maggie estaría encantada con él. Eso era lo que necesitaba en aquel momento: hablar con su amiga y olvidarse de todos aquellos pensamientos. Así que se dirigió al coche en busca de su teléfono móvil para hacer la llamada y que le diera algunos consejos de cómo comportarse frente a aquel hombre por el que estaba perdiendo la razón.

No, era mejor no hacerlo. Su amiga no dejaría de reír y al final acabaría peor de lo que estaba.

Jack llegó al porche y Dixie se retiró del ventanal. No quería que pensara que lo estaba vigilando. No podía pasar el resto del día evitándolo, así que respiró hondo, abrió la puerta y decidió dirigirse directamente a él.

—¡Oh! —exclamó Dixie al tropezar con él nada más salir por la puerta.

La caja que llevaba Jack se cayó al suelo. Había perdido el equilibrio, pero unas manos fuertes la sujetaron y tuvo que detenerse a tomar aire al encontrarse con sus ojos. La miraba divertido y por un momento se quedó sin respiración.

—Lo siento, no te he visto —dijo ella deseando que aquel momento pasara cuanto antes. Dio un paso atrás y dejó de sentir su calor sobre la piel.

Jack frunció el ceño y se inclinó para recoger la caja.

—Yo tampoco te he visto.

Dixie pasó a su lado y se dirigió a su coche para sacar sus cosas.

Desató la cuerda que llevaba atada al parachoques y dio un fuerte manotazo al lado izquierdo del maletero mientras que con su cadera golpeó el lado derecho.

El maletero se abrió. Aquel método nunca fallaba. Dixie tenía un especial aprecio a su viejo coche. Aunque sus amigos siempre la estaban animando para que se comprara un coche, nunca encontraba el momento de hacerlo. Además, ese coche ya estaba pagado y eso era importante para ella.

Dejó su bolso de viaje en el suelo y sacó una caja con provisiones.

—Yo me ocuparé de eso —dijo Jack solícito.

Asombrada, Dixie se quedó mirándolo.

—¿Cómo haces eso? —dijo entregándole la caja. Era pesada y después de todo, ella le había hecho la cama.

Jack se dio media vuelta dirigiéndose al refugio.

—¿Hacer qué?

Dando largos pasos para caminar junto a él, Dixie volvió a plantear la pregunta que llevaba dando vueltas en su cabeza durante todo el día.

—Ya sabes, aparecer a mi lado en cualquier momento y advertir cada detalle por pequeño que sea.

—No te persigo —dijo Jack preguntándole con un gesto dónde dejaba la caja.

—En la cocina, por favor —dijo Dixie siguiéndolo—. Eres muy sigiloso y observador.

Él dejó la caja sobre la mesa.

—Es mi trabajo.

Dixie pensó rápidamente en los trabajos

que requerían aquel comportamiento y cada uno era peor que el anterior: agente del FBI, ladrón de coches, asesino a sueldo,…

Como si adivinara su intranquilidad, Jack sacó la cartera y la abrió mostrándole una tarjeta.

Ella levantó la barbilla para mirarlo a los ojos, tomó la tarjeta y la leyó: *Jack Powers, Servicios Privados de Investigación. La discreción y la profesionalidad son nuestra distinción.*

¿Cómo no se había dado cuenta de que era policía o algo por el estilo?

—¿Te quedas más tranquila? —preguntó Jack y se cruzó de brazos. Esbozó una sonrisa y un pequeño hoyuelo se marcó en su barbilla.

—Siempre hay que andarse con cuidado.

—Lo sé, es lo que le digo siempre a Emma.

«Lo sabía». Lo había adivinado desde el principio. Sabía que tenía que tener una mujer esperándolo en casa. Pero si lo había sospechado, ¿por qué entonces se sentía así?

Se quedó mirando a Dixie y como si hubiera adivinado sus pensamientos se explicó.

—Emma es mi secretaria, entre otras cosas.

¿Un romance en el trabajo? Aquello no era extraño. Ese hombre era muy atractivo y llamaría la atención estuviera donde estuviera. ¿Por qué no en el trabajo? ¿Por qué no su secretaria?

Dixie se puso a sacar las cosas de la caja y sintió que la piel se le erizaba, señal de que Jack estaba cerca y la estaba mirando. ¿Qué estaría pasando por su mente?

Jack trató de evitar sus pensamientos lascivos. Debía de dejar de pensar en Dixie como en una mujer atractiva y tentadora. Eso lo único que conseguiría sería aturdirlo y hacerle olvidar el verdadero motivo por el que estaba en el refugio: Emma. Todo lo que hiciera en los próximos cuatro días tenía que ser por ella.

De pronto, a Dixie se le cayó un rollo de papel toalla y se agachó bajo la mesa para recogerlo. La vista que Jack contempló desde donde estaba, le hizo desear dejar escapar un gemido de placer.

Hacía calor en la cocina... o quizá fuera él. Necesitaba respirar aire fresco y la presión que sintió en la parte inferior de su cuerpo era un aviso de que cuanto antes lo hiciera, mejor.

—Voy a dar un paseo con Tigger. ¿Dónde está el manantial? —preguntó Jack tratando de mantener la voz firme mientras se giraba para ocultar la evidencia que mostraba su cuerpo.

—Está detrás. ¡No! Está… —dudó Dixie.

Jack se estaba yendo.

—No te preocupes, ya lo encontraré —dijo él recuperando la normalidad.

—Te importa llevarte a Sadie. Yo terminaré de guardar las cosas.

—Claro —respondió Jack sin darse la vuelta.

Dixie se quedó con la mirada fija en el lugar donde hasta hacía unos segundos había estado Jack. La tensión entre ellos se estaba convirtiendo en un problema. O quizá tan sólo fuera un problema para ella. Seguramente él no se habría dado cuenta de los pensamientos lascivos que le provocaba cada vez que estaban cerca. Lo último que le gustaría es que se diera cuenta del efecto que le producía a ella y a su libido.

Realmente necesitaba salir más. En cuanto volviera a Denver, le pediría a Maggie que le organizara una cita con alguno de los muchos hombres que conocía. Su amiga se había ofrecido en muchas ocasiones para hacerlo. En ese momento, una cita a ciegas con cualquier hombre por aburrido que fuera le parecía un mejor plan que seguir dando vueltas a las fantasías que su cabeza estaba creando acerca de su rival.

Dixie subió la escalera con su bolsa de viaje. Quizá si se entretenía sacando sus cosas, dejaría de pensar que Jack iba a dormir en la habitación de al lado, separado de ella por tan sólo unas llamas.

Dejó la bolsa sobre la cama y sacó todo el contenido. Había gran cantidad de ropa, pero no encontraba su nuevo pijama de franela. No podía ser posible que su amiga hubiera olvidado meter aquel cálido pijama. Recordaba haberlo dejado encima de la cama, justo al lado de la bolsa.

Una ráfaga de aire entró por la ventana y revolvió su pelo. Abrió la cremallera del lateral, metió la mano y sacó lo único que quedaba dentro.

«No, por favor. Voy a matar a Maggie. Primero la torturaré y luego la mataré».

Dixie respiró hondo, miró al techo, contó hasta diez y luego volvió a mirar la prenda que sujetaba entre las manos.

Dixie cerró los ojos con fuerza y los volvió a abrir. Maggie no le haría eso a propósito, ¿verdad? Se quedó mirando el camisón de seda y encaje blanco que sostenía entre las manos. Sí, Maggie era capaz de eso y de mucho más. Llevaban muchos años gastándose bromas, desde que fueran juntas a la escuela. ¿Por qué iba a ser diferente ahora?

Porque Dixie estaba sola con un hombre

muy guapo y atractivo en un refugio perdido entre las montañas. Necesitaba su pijama de franela y no aquel camisón sexy pensado para quitárselo rápidamente en una noche de pasión.

Dixie sonrió mientras ocultaba el camisón en la bolsa. Dormiría con la ropa puesta y cuando volviera a casa, rellenaría el bote de champú de Maggie con crema depiladora.

Jack volvió a tirar otro palo a los perros. Corriendo uno junto al otro, Tigger y Sadie tomaban el palo cada uno de un extremo y se lo devolvían para que volviera a arrojárselo.

Parecían siameses. ¿Cómo iba Jack a evitar pensar tener algo con Dixie cuando sus perros se comportaban como recién casados?

El suave timbre de voz de Dixie resonó en su cabeza. Tigger tiró de la mano de Jack y lo sacó de sus pensamientos. Justo enfrente de él, una nube de vapor salía de una pequeña charca. Allí estaba el manantial de agua caliente del que Dixie le había hablado. Si Tigger no le hubiera avisado, habría caído directamente al agua.

—Buen chico —dijo acariciando la cabeza de Tigger.

El animal, satisfecho, se dejó caer en el

suelo y apoyó la cabeza sobre sus patas. Sadie se colocó a su lado e hizo lo mismo.

Jack se acercó al agua y metió la mano. Estaba suficientemente cálida como para bañarse.

Se imaginó a Dixie saliendo de aquel manantial. Agua goteando de su pelo y nada entre su piel desnuda y el aire de la montaña más que aquel velo de bruma...

Jack suspiró y sacudió la cabeza. Tenía que evitar estar presente cuando Dixie se bañara. Si su cuerpo reaccionaba como su cabeza, el verla en persona allí sería peligroso.

Pero, ¿qué pasaría por las noches? Jack se quedó mirando las ramas de los árboles que rodeaban la charca. ¿Qué pasaría si dormía desnuda tal y como se la había imaginado?

El problema de la chimenea compartida regresó a su cabeza. No, no tenía por qué preocuparse. Dixie parecía una mujer sensata y lo primero que habría guardado en su maleta sería un pijama de franela para protegerse de las frías noches en las montañas.

Sí, seguro que no habría ningún problema por las noches.

Capítulo cuatro

DIXIE vio cómo la luz del día iba desapareciendo en el cielo. Los pinos se veían majestuosos al contraluz.

¿Dónde estarían Jack y los perros?

Encendió el candil y ajustó la llama que enseguida produjo un peculiar juego de luces y sombras dentro del refugio.

Se abrochó la chaqueta. No tenía miedo de la oscuridad, pero aquel lugar estaba lejos de todas partes. ¿Por qué había tenido que ver todas aquellas estúpidas películas con sus alumnos? Viéndolas en vídeo parecían un puñado de tonterías, pero ahora allí, todo le parecía posible. Sacó los sándwiches y los puso en platos de plástico. Una bolsa de patatas fritas completaba el menú. Al menos, Jack no podría acusarla de tratar de convencerlo para que le dejara ganar el refugio cocinando. La cocina no era uno de sus puntos fuertes. Cocinar se le daba tan mal como hacer maletas.

De pronto oyó pasos y ladridos en el porche y se sintió aliviada. Hasta ese momento, no se había dado cuenta de la tensión que había acumulado en los hombros.

Era agradable tener a alguien en el refugio, aunque ese alguien tuviera el mismo buen aspecto que cuando se fue. Dixie miró a Jack. No, su aspecto era aún mejor que cuando salió a pasear. Con el pelo revuelto y un agradable olor a pino, Jack era la tentación en persona. Con la luz tan tenue, su imaginación se disparó y le vino a la mente todas las advertencias que su madre le había hecho acerca de los hombres. Sólo el cielo sabía lo difícil que era para una mujer resistirse a un hombre peligroso.

Se quedaron mirándose en silencio. Dixie se estremeció y no debido al frío de la habitación. Los escasos segundos que transcurrieron se le hicieron eternos. Por fin retiró la mirada y se dirigió a la cocina.

—Tengo sándwiches.

«Qué frase tan estúpida», se dijo Dixie.

Jack se asomó a la puerta del refugio que seguía abierta y silbó. Tigger y Sadie aparecieron al instante, se sentaron junto a él y lo observaron cerrar la puerta.

Él se quitó la chaqueta y la dejó en una de las mecedoras. Dixie observó cómo los músculos de su pecho se tensaban y contraían con el movimiento. ¿Sabría lo atractivo que era? Quizá fuera parte de su plan distraerla para lograr quedarse con el refugio. Si no tenía cuidado a lo mejor hasta le funcionaba.

—Voy a encender el fuego arriba antes de que cenemos —dijo Jack y tomando un candil subió los escalones de dos en dos hasta que desapareció.

Dixie sacudió la cabeza en un intento de despejar su mente e ignorar el interés que le despertaba aquel hombre.

—Vamos, venid —dijo a los perros, dando una palmada en su muslo—. Es hora de cenar.

Estaba muerta de hambre. Si Jack pensaba que iba a esperarlo para cenar, lo llevaba claro.

El aire que se filtraba por el hueco de la chimenea era húmedo. Jack confió en que ningún pájaro hubiera anidado allí. Encendió una cerilla y la acercó al centro de la parrilla. La leña que estaba apilada en su interior prendió y el humo comenzó a subir.

Desde donde estaba podía ver con claridad la habitación de al lado. La cama de hierro daba la impresión de estar más cerca de lo que le había parecido durante el día. Tendría que asegurarse de que no se agachaba demasiado cuando echara leña al fuego de madrugada. Si no, tendría una sugerente visión de Dixie en la cama.

Tomó otro tronco y lo metió en la chimenea. Luego se puso de pie. No tenía sentido seguir retrasando lo inevitable. Tenía que bajar. Además, el rugido de su estómago evidenciaba que estaba muerto de hambre.

Unos minutos más tarde, Jack entró a la cocina y sorprendió a Dixie dándole una patata frita a Tigger. Ella se sonrojó mientras el perro se relamía.

—Parecía hambriento —explicó Dixie.

Jack se percató de que cuando se sonrojaba sus ojos parecían más grandes. Se sentó en una de las sillas y tomó un sándwich.

—Tigger siempre tiene hambre. Por cierto, gracias por la cena.

Ella sonrió y se encogió de hombros.

—Como puedes comprobar, me he pasado el día entero cocinando —bromeó—. ¿Has encontrado el manantial?

Jack asintió mientras se chupaba la mostaza que corría por sus dedos y la miró de soslayo. Se había vuelto a sonrojar y eso le pareció divertido. Conocía a muy pocas personas que se sonrojaran tanto como ella.

—Creo que deberíamos establecer un horario.

—¿Para qué? —preguntó Dixie enarcando las cejas.

—Para bañarnos en el manantial —explicó Jack y disfrutó de la expresión de confusión que vio en los ojos verdes de Dixie.

Ella dio un sorbo a su refresco para tratar de ocultar el apuro que sentía.

—No había pensado en eso. Suelo levantarme temprano, ¿te importa que lo use yo primero?

—Está bien, siempre y cuando hayas acabado antes de las ocho. Y asegúrate de que haces ruido cuando vayas para allá —dijo Jack y se metió el último bocado de su sándwich en la boca.

—¿Crees que hay animales?

—¿Acaso te asustan?

Con un poco de suerte, oiría a una ardilla en un árbol y decidiría irse antes de que transcurrieran los cuatro días. De pronto no le gustó la idea de que Dixie se asustara.

—No, además por si acaso me llevaré a Sadie conmigo —dijo ella y miró su reloj antes de añadir—. Será mejor que me vaya a la cama. Ha sido un día muy largo.

Jack se quedó contemplándola mientras ella estiraba los brazos por encima de su cabeza. Aquel movimiento acentuaba sus redondeados senos y Jack volvió a sentir que su cuerpo se tensaba. Rápidamente desvió la mirada a la pared del fondo para tratar de pensar en otras cosas.

—He cerrado las ventanas y el fuego todavía durara un rato más —dijo él.

Esperaría antes de subir. No quería correr

el riesgo de verla en pijama, por muy recatado que fuera.

Dixie arrojó su plato de plástico y la lata a la bolsa de la basura. Después de darle las buenas noches y con el candil en la mano, por fin logró deshacerse de su mirada penetrante. Sadie caminaba junto a ella.

No pudo relajarse hasta que llegó a su habitación y cerró la puerta. Se quedó allí apoyada unos segundos y respiró hondo. Todavía podía sentir cómo su mirada penetrante la había atravesado al salir de la cocina como si tratara de fulminarla para quedarse con el refugio.

No estaba dispuesta a ponerle las cosas fáciles. Después de conocer la belleza y tranquilidad de aquel sitio, estaba más convencida que nunca de que era el lugar perfecto para tratar a los chicos que tenían problemas. Allí podrían poner en orden sus ideas, lejos de la presión de amigos y familias que lo único que solían producir era más confusión.

Miró alrededor y agradeció que Jack hubiera encendido el fuego por el ambiente cálido y acogedor que daba a la habitación. Después de detenerse un momento frente a las llamas, se miró la ropa que llevaba puesta y sonrió. Sus vaqueros y su camisa estaban llenos de manchas de hierba, resina de los pinos y polvo. Parecía una obra de arte andante.

No había nada que le apeteciera más en aquel momento que ponerse un suave y cálido pijama de franela y meterse en al cama, entre las sábanas de aquella cama de hierro antigua.

Era hora de tomar una decisión: dormir con la ropa puesta o ponerse el camisón sexy que Maggie le había puesto en su equipaje. Mordiéndose las uñas, Dixie miró fijamente el fuego y se agachó junto a la chimenea.

A menos que aquel hombre se arrodillara al otro lado, no había forma de que viera demasiado. Además, ¿qué probabilidades tenía de que la considerara una mujer atractiva? Todo eso sin olvidar que tenía a Emma esperándolo a su regreso.

Decidió ponerse el camisón. Tampoco es que fuera a pasearse por todo el refugio con aquella prenda. Se lo pondría para dormir y luego se lo quitaría y lo escondería. No tenía de qué preocuparse. Abrió su bolso de viaje y lo sacó. A la tenue luz de las llamas, parecía más pequeño y seductor.

Deslizó la seda sobre su cabeza y tiró del camisón hacia abajo. Era muy suave, pero desde luego que no era lo más indicado para pasar la noche en un refugio de montaña.

La parte delantera llegaba hasta los pies y la trasera arrastraba por el suelo.

«Parezco una estrella de Hollywood de los años cuarenta».

Era hora de meterse en la cama. Se levantó el camisón para evitar pisárselo al caminar, se metió entre las sábanas y se cubrió hasta la cabeza. Después de unos minutos de frío, sintió que su cuerpo tomaba temperatura y suspiró. Se sentía cómoda y estaba segura de que iba a dormir bien. Por la mañana seguiría explorando el lugar, después de bañarse en el manantial.

Jack bajó la llama del candil para que apenas fuera visible y decidió que Dixie ya habría tenido tiempo suficiente. Si no estaba en la cama y durmiendo ya, no sería culpa suya. Estaba cansado y Tigger parecía estarlo también. El perro bostezó y siguió a Jack escaleras arriba.

Por instinto, debido a los años que llevaba trabajando como detective, se detuvo en el descansillo de la escalera y trató de distinguir algún ruido tanto dentro como fuera del refugio. Sólo escuchó el lejano aullido de lobo.

Bien, Dixie debía de estar dormida. Tampoco es que le importara demasiado aquella mujer.

Cerró la puerta con cuidado y se dirigió hacia la cama. Las llamas hacían que la sombra del dosel se alargara fantasmagóricamente hasta el techo. ¿En qué había pensado el hombre que la talló? Desde luego, que pasar largas noches en la cama con su esposa era una de ellas.

Jack se cambió los vaqueros y la camisa por unos calzones y una camiseta. No quería asustar a Dixie si dormía como solía hacerlo.

Se agachó junto al fuego que ardía en la chimenea y removió las ascuas antes de meter otros dos troncos. Se pasó la mano por el pelo evitando dirigir la mirada hacia la cama de Dixie y esperó hasta que los dos troncos hubieran prendido para irse a la cama.

Tigger se tumbó en el suelo y al cabo de unos minutos, el perro dormía plácidamente.

Jack deseó poder dormirse tan pronto como su perro, especialmente esa noche. Se acercó a la ventana y se quedó contemplando el reflejo de la luz de la luna en la copa de los árboles. ¿Por qué aquella mujer le impedía dormir? Su belleza natural, su sonrisa permanente, por no mencionar las curvas de su cuerpo, eran una atractiva y sugerente combinación. Tenía que evitar prestarle atención y concentrarse en ganar el refugio. Emma era lo primero para él.

Eso era lo único que debía importarle: Emma. Y no imaginar el sabor de los labios de Dixie. El refugio era su objetivo y la manera de compensar a Emma por todo el cuidado y la atención que le había dedicado durante tantos años.

Le era imposible dormir. Quizá un vaso de agua le hiciera olvidar a su rival, que descansaba en la habitación de al lado. Abrió la puerta de un tirón y de pronto se detuvo en seco como si hubiera chocado contra la pared. Dixie estaba en mitad del pasillo con un seductor camisón de seda. Se había quedado tan sorprendida como él. A su lado estaba Sadie.

Con la tenue luz que llegaba desde su habitación, Jack recorrió con la mirada el cuerpo de Dixie. Necesitaba ese vaso de agua fría con urgencia para echárselo por la cabeza.

A pesar de la escasa luz, Dixie se percató de la intensa mirada de Jack. Aunque estaban prácticamente a oscuras, era evidente que su camisón no había pasado desapercibido. ¿Por qué Sadie tenía que tener una vejiga diminuta?

—Sadie necesitaba salir —se excusó.

—Entiendo —dijo Jack entrecerrando los ojos.

«Seguro que piensa que me estoy paseando así a propósito».

Como si supiera que se lo iba a encontrar en mitad del refugio a esa hora de la noche. Dixie había esperado unos minutos antes de salir de su habitación y aun así se lo había encontrado en el pasillo. ¿Por qué tenía tan mala suerte?

—Bonito camisón.

La sonrisa de Jack la hizo estremecer y confió en que su cuerpo no reaccionara ante su profunda voz.

—No es mío.

Jack arqueó las cejas.

—Suelo usar pijamas de franela —dijo Dixie sintiendo que la temperatura de su rostro aumentaba.

—Lo imaginaba.

¿Qué había querido decir con eso? ¿Que no era capaz de llevar diseños de seda y encaje? Jack Powers no sabía nada de ella. Bueno, quizá tenía razón en su preferencia por los pijamas, pero no le había gustado nada aquel comentario.

—Mi amiga Maggie me hizo la maleta —dijo ella y señalando el camisón, añadió—. Ésta es su idea de una broma inocente. Esto es todo lo que tengo para dormir.

—Me gusta el sentido del humor de tu amiga. Buenas noches —dijo Jack y dando media vuelta, regresó a su habitación y cerró la puerta.

Dixie se quedó mirando la madera. ¿Qué había querido decir? ¿Le había gustado el camisón? No es que le importara, se dijo mientras se miraba. Le gustaba vestirse para ella misma, pero no podía olvidar la intensidad de la mirada de Jack y su cumplido.

De pronto, recordó la razón por la que estaba allí y miró a Sadie que agitaba la cola.

—Venga, Sadie. Todo esto es culpa tuya y de tu vejiga. Salgamos fuera y terminemos con esto cuanto antes.

Unos minutos más tarde, volvieron a la habitación. Tumbada en la cama, Dixie contemplaba el fuego mientras se preguntaba si Jack estaría aún despierto.

No, no iba a dejar que nada sucediera. Un hombre no entraba en sus planes. Su trabajo era importante y no podía dejar que sus hormonas la distrajeran. Además, ¿acaso no había aprendido la realidad de las relaciones amorosas después de los cuatro fracasos matrimoniales de su madre?

Se tumbó de lado y ahuecó la almohada. No quería sentirse atraída sólo por un físico imponente. Todo se debía a sus hormonas y tenía que ser capaz de resistirse. Lo había estado haciendo toda la vida.

Pero el nudo que sentía en el estómago le decía otra cosa. Sus hormonas estaban ganando la batalla para controlar su cabeza.

«Tienes que pensar en otras cosas, Dixie», se dijo.

Por ejemplo, el sistema métrico. ¿No llevaba el gobierno años anunciando que lo usarían? Trató de recordar todo lo que sabía de ese sistema y apenas pudo hacerlo. ¿Por qué no había prestado más atención en la clase del profesor Blackwell? Les había advertido que se arrepentirían si no estudiaban. ¡Cuánta razón tenía!

Lo que estaba claro es que el sistema métrico tampoco funcionaba para mantener a raya la libido.

Dixie cerró los ojos deseando que llegara el sueño o que se hiciera de día. Todo sería más fácil por el día, sobre todo cuando se pusiera sus vaqueros y se quitara aquel camisón. Le haría pagar cara a su amiga aquella broma.

La luz del sol se filtraba por la ventana y Dixie se fue despertando poco a poco. Se sorprendió al comprobar que finalmente había logrado dormir y se desperezó. Los primeros sonidos de la mañana se oían al otro lado de la ventana cerrada: el cantar de los pájaros y el suave sonido del viento al agitar los árboles. Una melodía que eclipsaba cualquier otra música que el hombre pudiera crear.

Había llegado el momento de probar el manantial y comenzar el día. Trató de comprobar si había ruido en la habitación de al lado, pero no oyó nada. Se puso los vaqueros y una sudadera. Tomó el papel higiénico y una toalla y bajó la escalera. Sus mocasines de cuero apenas hacían ruido. Sadie iba a su lado.

Cerró la puerta con cuidado y Dixie siguió a Sadie por el sendero. Unos minutos más tarde, llegaron al manantial. Tendría unos tres metros de diámetro y su superficie brillaba intensamente a la luz del sol, desprendiendo un ligero vapor que invitaba a sumergirse en la calidez de sus aguas. Tres pinos lo rodeaban desprendiendo un intenso aroma que contribuía a crear una atmósfera tranquila a aquel lugar.

Parecía el paraíso en la tierra. Después de disfrutar unos minutos de aquella tranquilidad, Dixie miró a su alrededor, se quitó la ropa y se envolvió en la toalla. El frío aire de la mañana le puso la piel de gallina. Con cuidado para no resbalar en las piedras, fue entrando poco a poco en el agua.

—¡Ah!

Dixie sumergió las piernas en la calidez del agua y se quitó la toalla que dejó sobre el resto de su ropa. Caminó hasta el centro de la charca, donde el agua cubría hasta el cuello. Aquello era una maravilla.

Mientras se frotaba con una pastilla de jabón, miró a su alrededor en busca de Sadie. No la veía por ningún sitio. Era evidente que tenía mejores planes que quedarse allí sentada a esperarla. No podía culparla. Además, sabía que no andaría muy lejos.

Sumergió la cabeza y puso un poco de champú en la palma de la mano. Cerro los ojos y disfrutó de las sensaciones: el agua caliente, el aire fresco en sus hombros, los aromas de la naturaleza y el sonido de... ¿unas pisadas?

Dixie se aclaró el champú y se quedó escuchando. Ahí estaba otra vez, el sonido de unas suaves pisadas. Miró hacia el otro lado de la charca y no vio nada. De pronto, miró por encima de su hombro hacia el lugar por donde se había metido en el agua y se quedó de piedra.

«Oh, no».

Sobre el montón de ropa descansaba una mofeta. Parecía haberse quedado dormida atraída por el calor de su ropa.

«No temas», se dijo. Tenía que mantener

la calma. Eso era lo más importante en una situación como aquélla. Pero, ¿cómo iba a salir del agua y vestirse? Si gritaba, Jack vendría corriendo y la mofeta podría defenderse impregnándolo todo con el olor de sus glándulas, incluida su ropa. Entonces, tendría que volver al refugio desnuda.

Estaba perdida.

Capítulo cinco

JACK miró su reloj otra vez. Hacía más de una hora que había oído a Dixie salir de su habitación. Debería haber vuelto ya. Quizá necesitaba más tiempo del que él había calculado.

O quizá se hubiera ahogado. El manantial no parecía muy profundo, pero quizá había tropezado y se había golpeado la cabeza.

«Está bien, Jack. Tranquilízate». Seguro que habría una sencilla explicación. No podía dejar que su imaginación volara. Siempre había sabido mantener la calma en los momentos críticos.

¿Cuál sería su paso siguiente? Podía dejarse caer por el manantial como si tal cosa, sin mostrarse preocupado. Al fin y al cabo, Tigger tenía que salir.

Seguramente Dixie se había entretenido recogiendo flores y paseando tranquilamente de vuelta al refugio. Una vez la encontrara, se iría a bañarse al manantial. No habría ningún problema.

Pero, si así era, ¿por qué tenía el presentimiento de que algo no iba bien? Sentía un nudo en el estómago.

Estaba a punto de llegar al final del sendero. Se detuvo y escuchó. No había más que silencio a su alrededor. Se dio la vuelta y se dio cuenta de que Tigger había desaparecido, seguramente persiguiendo a alguna ardilla.

—¡Dixie! —dijo Jack en tono normal. No obtuvo respuesta—. ¡Dixie! —volvió a exclamar, esta vez en voz más alta.

—Shhhh —oyó desde el lugar donde estaba el manantial.

¿Qué estaría haciendo aquella mujer?

Se dirigió hacia el manantial y se detuvo antes de asomarse.

—¿Está todo bien?

—Necesito ayuda —respondió Dixie en un susurro. Jack se acercó más y se asomó entre los arbustos—. Espera, ve con cuidado o la despertarás.

¿A qué se refería Dixie? Al menos esperaba que no se tratara de una serpiente. Podía afrontar cualquier cosa menos una serpiente. Jack decidió descubrir por sí mismo de qué se trataba y lentamente salió de entre los árboles. Podía haberse enfrentado a un maleante, haber retirado el tronco de un árbol, pero ¿qué se suponía que debía hacer con una mofeta?

—Hay una mofeta —susurró Dixie, señalando con un dedo con cuidado de mantener el cuerpo bajo el agua.

—Ya lo veo —dijo Jack. El animal de cuerpo peludo y característica cola que estaba descansando sobre la ropa de Dixie, no podía ser otra cosa—. ¿Qué está haciendo ahí?

Dixie se encogió de hombros dejando ver uno de ellos por encima del agua.

—Si lo supiera, no estaría aquí atrapada. Quizá es demasiado joven para asustarse de nosotros. O quizá esté sorda —dijo sonriendo—. ¡Pobre animal!

—Ese pobre animal tiene un mecanismo de defensa apestoso —dijo Jack en tono jocoso—. ¿Cómo piensas recuperar tu ropa?

Aquella situación le estaba gustando más por momentos.

—Si ya lo supiera, no necesitaría ayuda.

Jack pensó en las opciones que tenía. Lo más indicado parecía retirar al animal de allí, pero no le gustaba la idea.

—Déjame tu camiseta —susurró Dixie.

Buena idea. Así no tendría que molestar al animal. Se sacó la camiseta de los pantalones y se la quitó.

—Aquí tienes —dijo ofreciéndosela.

—Déjala ahí —dijo Dixie señalando un arbusto cercano—. Y ahora, si te das la vuelta...

Jack sonrió. ¿Qué pasaría si se negaba? ¿Saldría del agua para recoger la camiseta directamente de su mano?

Dixie frunció el ceño. ¿Acaso estaba de broma Jack? ¿Sería capaz de salir del agua desnuda y tomar la camiseta de su mano? No, sabía que no, pero se sentía tentada a hacerlo.

La luz del sol se filtraba entre las ramas de los árboles e iluminaba el pecho musculoso de Jack creando interesantes y sugerentes sombras. Su pelo oscuro, su mirada intensa y su relajada sonrisa la estaban dejando sin respiración. Una oleada de deseo se estaba apoderando de ella.

¿Por qué tenía que ser tan mojigata? Por una vez en la vida deseaba ser atrevida y traspasar la barrera. Pero no en aquel momento y menos desnuda.

Como si hubiera adivinado sus pensamientos, Jack dejó la camiseta en el arbusto y se giró hacia los árboles, pero no se fue de allí.

Dixie dio dos pasos hacia la orilla. Otro paso más y su cuerpo quedó descubierto de cintura para arriba. Por fin salió del agua y sintió el frío del aire de la mañana mientras se acercaba hasta el arbusto para recoger la camiseta.

La humedad de su piel dificultó sus esfuerzos por vestirse ya que el tejido se le pegaba a la piel. La camiseta le llagaba hasta el muslo. Dixie habría preferido algo que la cubriera más, pero al menos eso era mejor que regresar desnuda hasta el refugio.

Al levantar la mirada, descubrió que Jack miraba fijamente sus pechos lo que provocó que se le erizaran.

Los músculos de la mandíbula de Jack se tensaron y lentamente levantó la mirada hasta que sus ojos se encontraron.

Dixie tragó saliva y mantuvo la mirada. En sus ojos azules veía reflejado el mismo deseo que sentía.

Jack alargó la mano.

—Necesitarás ayuda para caminar descalza —dijo él mirando sus pies—. Me temo que mis zapatos no te quedarían bien.

Dixie trató de disimular la confusión que sentía. ¿Cómo había podido creer que Jack sentía pasión cuando lo que realmente pasaba es que estaba preocupado por sus pies?

Con dedos temblorosos, tomó su cálida mano y sintió un estremecimiento.

—Estás temblando, ¿tienes frío?

Dixie sabía que debía mentir, pero no lo hizo.

—No, no tengo frío.

Dixie levantó la barbilla. Asustada o no, estaba decidida a mostrarse descarada. Al fin y al cabo, había decidido que estaba cansada de ver pasar la vida sin hacer nada.

—Si no tienes frío, ¿por qué estás temblando? —dijo acariciándole la mejilla.

Había llegado la hora de la verdad, el momento de tomar una decisión en su vida. Dixie pensó en Maggie. Ella estaría a su lado animándola en lo que hiciera. Podía hacerlo, podía ser honesta y decirle a aquel hombre lo que sentía.

Dixie respiró hondo.

—Tengo miedo.

Jack frunció el ceño, sorprendido por su respuesta.

—¿De mí?

Dixie dio un paso hacia él.

—No, miedo de no tener las agallas necesarias para besarte y de que tú no quieras que lo haga.

Jack tomó su rostro entre sus manos.

—No tienes por qué tenerme miedo —dijo y acarició con un dedo el labio inferior de Dixie.

En lugar de esperar que fuera él el que tomara la iniciativa, Dixie se puso de puntillas. Al primer roce con sus labios, suspiró. Sintió cómo su lengua se abría paso en su boca y separó los labios, respondiendo a su beso. Dixie se aproximó a él y estrechó su cuerpo contra el suyo, rodeándolo por el cuello. Jack dejó escapar un gemido mientras acariciaba su espalda con sus fuertes manos.

Jack dio un paso atrás y apoyó su cabeza

contra la de ella. Su respiración se hizo más entrecortada y Dixie sintió los latidos de su corazón contra el suyo.

—¿Sabes adónde nos lleva todo esto? —preguntó él poniendo una mano sobre el pecho de Dixie.

Ella respiró hondo antes de contestar.

—¿Adónde? —repitió ella. Sus palabras no tenían ningún sentido. ¿Se refería a regresar al refugio?

—Si seguimos, acabaremos haciendo el amor sobre el suelo.

La realidad golpeó a Dixie. Dejó caer sus brazos como si acabara de tocar un hierro ardiendo.

—No puedo…

—¿Por qué? —dijo Jack sujetándola por las caderas.

Dixie buscó una explicación razonable que no la hiciera parecer una idiota. ¿Por qué no podía hacer el amor con aquel hombre tan guapo a la sombra de los árboles?

—Estoy comprometida. Sí, comprometida para casarme —dijo escondiendo su mano izquierda para que no se percatara de que no llevaba anillo de compromiso.

Jack retiró sus manos y dio un paso atrás.

—Sí, eso es lo que suele significar.

Odiaba tener que mentirle, pero la magnitud de lo que podía pasar entre ellos estaba enturbiando su raciocinio. Su lado más sentimental trataba de mantener el control.

—Se llama... Guy Montgomery —dijo ella dando el nombre de otro de los asesores del centro. Jack no necesitaba saber que tenía más de sesenta años y que estaba felizmente casado.

—Es un hombre con suerte —afirmó Jack pasándose la mano por el pelo—. Volvamos al refugio y volveremos por tus cosas más tarde.

A la vez, se volvieron para mirar sus cosas y Dixie sonrió. Mientras habían estado distraídos, la mofeta se había ido, como si su única intención hubiera sido provocar entre ellos ese momento de intimidad que acababan de vivir.

Con el sabor de Jack todavía en sus labios, Dixie se alegró por lo que acababa de pasar.

—Al menos, ahora puedo ponerme mis zapatos

Unos minutos más tarde, regresaban al refugio. Jack caminaba un par de pasos por detrás de ella y como si necesitara que se lo recordaran, cada vez que la camisa rozaba la parte posterior de sus muslos se imaginaba que era Jack el que lo estaba haciendo.

«Estoy perdiendo la cabeza», se dijo Dixie.

Esta vez, los quince minutos que llevaba

recorrer el camino, le parecieron horas. Los dos permanecían en silencio y Dixie no sabía cómo romperlo. Todo lo que se le ocurría parecía demasiado trivial en comparación con los besos que se habían dado.

—¿Por qué quieres ganar el refugio?

La pregunta de Jack la pilló por sorpresa. Se paró y dio media vuelta.

—¿Cómo dices?

—¿Hay alguna razón en particular por la que quieras vivir en un lugar tan remoto o tienes pensado vender el refugio cuando lo ganes? —preguntó Jack pasando a su lado sin detenerse.

Dixie lo siguió caminando un paso por detrás de él

—Yo nunca lo vendería —respondió. No se sentía cómoda compartiendo sus sueños y contándole el hogar para adolescentes que tenía pensado crear si ganaba—. ¿Qué piensas hacer tú si ganas?

—Ya lo decidiremos Emma y yo, si finalmente gano.

Dixie notó un cambio en Jack al mencionar a Emma.

Llegaron al refugio y se detuvieron.

—Te importa mucho Emma, ¿verdad?

—Sí —contestó Jack sonriendo.

Al encontrarse con sus ojos, Dixie volvió a sentir que el estómago le daba un vuelco.

El sonido lejano de un avión la devolvió a la realidad. ¿Cuántos días más tendría que soportar aquello?

Dixie retiró la mirada y se dirigió hacia el porche.

—Iré a cambiarme y te devolveré la camisa.

—No hay prisa, tengo más. Además, te queda mejor a ti. Me voy al manantial —añadió y desapareció.

Dixie se quedó mirando los árboles por los que lo había perdido de vista y sacudió la cabeza. Le acababa de decir un cumplido y no había sido capaz de responder. Lo cierto es que tampoco habría sabido qué decir. Maggie era la reina de las respuestas rápidas. ¿Por qué no había prestado más atención cuándo su amiga trataba de enseñarle cómo hablar con los hombres? Porque no le importaba eso. Tenía un objetivo y era ganar el refugio. Lo único que tenía que hacer era convencer a su libido de que aquello era lo más importante.

Jack sumergió la cabeza bajo el agua, se aclaró el jabón y se echó el pelo para atrás con ambas manos. Se quedó flotando en el agua caliente unos minutos contemplando el azul del cielo.

¿Cómo había sido capaz de besar a Dixie? Sobre todo sin asegurarse antes de que no tuviera ninguna relación. No le gustaba involucrarse con mujeres comprometidas o casadas.

Ya había visto suficientes infidelidades en su trabajo y no quería terminar en un punto en el que ambos tuvieran que arrepentirse de lo que habían hecho.

Tigger y Sadie se lanzaron al agua antes de que Jack se pusiera otra vez de pie. Volvió a tomar el palo que le entregaban los perros y lo lanzó lejos.

—Venga chicos, traedlo.

Los dos perros salieron del agua y comenzaron a correr de nuevo. Jack decidió aprovechar el momento y vestirse. Por suerte, esta vez ninguna mofeta había decidido dormir la siesta sobre sus cosas. Claro que su ropa no olía como la de Dixie. No podía culpar a aquel animal por preferir el delicado aroma de una mujer. A él también le gustaba.

Tenía que olvidar a qué olía Dixie. Estaba fuera de su alcance. Sólo quedaban tres días para que el concurso finalizara, así que se imaginó que no tendría problemas. Podría controlar sus hormonas siempre que evitara mirar directamente a aquella mujer, o la escuchara reír, o se percatara de su perfume, o pasara junto a ella, o...

Pero, ¿a quién pretendía engañar? Aquéllos iban ser los tres días más largos de su vida.

—¡Venga, chicos! —gritó a los perros que corrieron a su lado, cada uno sujetando por la boca un extremo del palo que les había tirado.

Al acercarse al refugio, Jack oyó el sonido de metal contra metal.

¿Qué demonios estaba pasando? Se detuvo al ver a Dixie en el porche con una sartén en la mano. Pequeñas porciones de algo oscuro volaban con cada movimiento de la espátula.

Al darse cuenta de su llegada, Dixie se encogió de hombros y le mostró el interior de la sartén.

—Como puedes ver, no se me da bien la cocina. Esto era el desayuno.

Jack se acercó y detectó el olor a chamuscado.

—¿Qué era antes de que lo achicharraras?

—Crema de avena.

Gracias a Dios que se le había quemado. No habría sido capaz de decirle que odiaba la avena. Los perros se acercaron a oler y al momento volvieron a tomar el palo que habían traído.

—¿Qué te parece si preparo algo?

Dixie sonrió.

—¿Has traído comida?

Aturdido al ver su sonrisa, Jack se tomó unos segundos antes de contestar para tratar de formular una frase coherente.

—Emma me metió comida en una nevera portátil, así que estoy seguro de que encontraremos algo que comer.

—Estupendo, tú cocinas y luego yo recogeré —dijo Dixie mirando la sartén que había dejado en el primer escalón del porche.

—Veamos qué puedo hacer —dijo él sujetándole la puerta.

Veinte minutos más tarde, Dixie extendía la masa de galletas bajo la supervisión de Jack. Se había manchado de harina en la punta de la nariz y en algún otro sitio y parecía una chiquilla ansiosa. Bueno, una chiquilla ansiosa con curvas de mujer.

Jack revolvió en el pequeño congelador confiando en que el frío le hiciera olvidar sus pensamientos sobre Dixie. No tuvo suerte, pero al menos encontró unas salchichas. Al final, había resultado ser una suerte que Emma le hubiera preparado el equipaje. Allí había comida para al menos tres semanas.

Un sonido estridente lo sacó de sus pensamientos. Dixie dio un bote dejando caer la harina al suelo.

—¿Qué ha sido eso?

Dixie hizo un gesto hacia su bolso, que estaba al otro extremo de la encimera.

—Mi teléfono móvil. No pensé que tuviéramos cobertura aquí. ¿Te importa contestarlo? —dijo mostrándole las manos llenas de masa.

Jack dejó las salchichas en la mesa, sacó el teléfono y descolgó al cuarto timbre.

—¿Hola?

—¿Quién es? —preguntó una voz femenina—. ¿Dónde está mi hija? ¿Quién es usted? ¿Por qué contesta su teléfono?

Jack aprovechó que la mujer se detuvo para tomar aire.

—Mire, soy Jack Powers. Dixie está haciendo galletas.

La línea se quedó en silencio.

—Señora, ¿sigue ahí?

—¿Dixie está haciendo galletas? —preguntó la mujer incrédula.

—Sí y yo estoy ayudándola.

—¡Ah! Entonces tú debes de ser ese nuevo novio del que me habló. Chad, ¿verdad?

Si Dixie estaba comprometida con un tal Guy, ¿de quién estaba hablando su madre?

—No, mi nombre es Jack.

—¡Oh! —exclamó la madre de Dixie—. Entonces es que lo suyo con Chad no ha durado demasiado. Pero si consigues enseñarla a cocinar, ya me gustas.

Jack sacudió la cabeza, mientras Dixie lo miraba intrigada.

—Yo soy Estelle —continuaba la mujer en el teléfono—. Estoy segura de que nos llevaremos bien.

—Por supuesto —respondió Jack. Lo mejor sería seguirle la corriente a aquella dicharachera mujer.

Dixie se limpió las manos y le hizo una seña para que le entregara el teléfono. Se había ruborizado y se mordía el labio inferior con los dientes. Jack le entregó el teléfono y se apoyó en el mostrador sin dejar de mirarla.

—Hola, mamá. No, no es mi novio —dijo y se quedó escuchando—. En un refugio, a las afueras de Pagosa Springs. Es parte de ese concurso de radio del que te hablé —se quedó en silencio durante unos segundos y luego continuó—. Sí, estamos solos. No, no tengo nada que temer. Él mismo me ha dicho que no es un asesino en serie. Claro, mamá.

Sintiéndose incómodo por presenciar aquella conversación, Jack se fue al salón.

¿Le habría mentido Dixie diciéndole que estaba prometida? ¿Habría conocido su madre al hombre de su vida? Jack se quedó pensativo durante unos segundos y luego esbozó una sonrisa. ¿Habría ideado aquella mentira para protegerse? Ésa era la única explicación. Después del beso que se habían dado, quizá ella se había asustado por estar a solas con él allí en aquel solitario lugar y se había inventado una excusa. Al fin y al cabo, no sabía nada de él.

Aquello tenía sentido.

Se oyeron unos pasos desde la cocina y apareció Dixie. Sus ojos se encontraron con los de Jack. Parecía inquieta.

—Cuéntame más acerca de Guy —dijo Jack metiendo las manos en sus bolsillos—. ¿Cuándo es la boda? ¿Y quién es ese Chad?

Capítulo seis

DIXIE se quedó mirando fijamente a Jack, sin saber a qué boda se refería. ¡Ah, sí, su boda! Sólo el cielo sabía lo que su madre le habría dicho a Jack cuando contestó el teléfono.

—Todavía no hemos fijado una fecha. Chad es alguien con quién salí el año pasado. Las madres siempre confunden los nombres —respondió evitando contestar las preguntas que le había hecho.

¿No podía hablar Jack de otra cosa? Bastante mal se sentía ya por haberle mentido.

No parecía haberle prestado demasiada atención a su respuesta. Se agachó y acarició a Tigger. Sadie se acercó hasta él tratando de llamar su atención.

¿Cómo iba a ser capaz de olvidar la atracción que sentía hacia él siendo como era tan irresistible?

No, no podía decirle la verdad ahora que se sentía tan atraída por él. Bajó la vista incapaz de encontrarse con su mirada.

—Bien.

Sorprendida por aquella inesperada reacción, Dixie lo miró. La sonrisa que vio en su rostro acentuaba aún más el hoyuelo de su barbilla.

—¿A qué te refieres?

Jack recorrió la distancia que los separaba.

—No has fijado una fecha para la boda y tu madre no recuerda el nombre de tu prometido.

Su corazón dio un vuelco.

—¿Y?

—¿Estás enamorada de tu novio? —preguntó Jack sin dejar de observarla.

—Nunca me comprometería con un hombre si no estuviera locamente enamorada de él.

Al menos, eso sí era cierto. El nudo en su garganta se estaba haciendo cada vez más grande.

—Te asustaste después del beso que nos dimos —dijo él acariciándole la mejilla.

Al menos había dejado de hacer preguntas. No tenía por qué negar lo evidente, así que asintió. Seguramente se había percatado de su falta de experiencia. ¿Por qué no había salido con más hombres? Porque siempre había estado trabajando y nunca lo había echado de menos hasta aquel momento.

Maggie siempre le había dicho que la experiencia era la mejor manera de aprender.

Los besos que se daban en las novelas de amor que solía leer no le habían servido de mucho. Tampoco los hombres que la habían besado antes. Nadie antes la había hecho sentir como aquel hombre.

Sin dejar de acariciarle la mejilla, Jack miró intensamente sus labios y ella se los humedeció con la lengua.

Tenía que tomar una decisión: volver al mundo real o continuar con su farsa.

—Estás comprometida y eso va contra mis principios.

Había llegado el momento de pasar a la acción. Lo tomó por la muñeca, se llevó su mano hasta los labios y le dio un beso en los dedos. Él dejó escapar un gemido.

Alentada por su espontánea reacción, Dixie lamió la punta de sus dedos. Jack respiró hondo y Dixie supo que se estaba moviendo en la dirección correcta.

—Estás jugando con fuego —dijo Jack frotando su rodilla contra el muslo de ella.

—Lo sé —respondió Dixie jugueteando con el dedo de Jack en su boca. Estaba temblando.

Se estrechó contra su cuerpo y se apoyó en su pecho sintiendo los frenéticos latidos del corazón de Jack. Aquel hombre la deseaba tanto como ella a él. No podía hacer nada por detener aquello. Lo único que deseaba era estar con él y disfrutar del momento.

Los miedos del pasado habían desaparecido y el futuro quedaba demasiado lejos. Lo único que importaba era el presente

Cerró los ojos y se dejó llevar por la corriente de pasión que la arrastraba. Jack la besó apasionadamente. Sentía una presión en su interior que sólo él podía aliviar. Dixie dejó escapar un gemido y estrechó su cuerpo contra el de él.

Con una suavidad que no parecía propia de sus fuertes manos, Jack tomó su rostro y su beso se hizo más profundo. A pesar de la diferencia de estatura, sus cuerpos encajaban a la perfección. Sus curvas redondeadas se ajustaban a la firmeza de su cuerpo masculino, como si de un puzzle se tratara.

Las preocupaciones por el centro, los matrimonios de su madre, su supuesto compromiso y todo lo demás, parecían haber desaparecido. Su mundo se había reducido a aquel hombre y sus besos.

Dixie lo rodeó con sus brazos y acarició el cuello de Jack. Al cabo de unos segundos, deslizó sus dedos por el pelo masculino. Era tan suave como lo había imaginado y su cuerpo se estremeció.

Jack la tomó por la cintura y la atrajo hacia sí. Dixie no podía creer que pudieran aproximarse más, pero así era.

Los besos se volvieron más lentos y profundos y sus respiraciones se acompasaron. Dixie puso la mano sobre el pecho de Jack para sentir su corazón y dejó escapar un gemido. De pronto sintió algo en la parte posterior de su rodilla. Era imposible que Jack hubiera deslizado su mano hasta allí.

Volvió a sentir el empujón, esta vez más fuerte. Si volvía a repetirse, temía que sus piernas no la sujetaran.

Dixie abrió los ojos y buscó su mirada. Él la observó con ojos de pasión y se quedó contrariado al ver que Dixie se detenía.

—¿Qué estás haciendo? —dijo cuando consiguió hablar.

—¿Que por qué te he besado sabiendo que no debía hacerlo? —preguntó Jack con voz sugerente.

—No —susurró, sintiéndose confusa—. ¿Por qué estás dándome esos golpes en la pierna?

Quizá fuera una técnica amatoria de la que nunca había oído hablar.

—Cariño, mis manos están en tu espalda y mis piernas en el suelo —respondió él sonriendo.

Sintiéndose estúpida, Dixie se giró y miró su pierna. Sadie la miraba desde el suelo. Al ver lo que sujetaba en la boca, Dixie lo comprendió todo. Había hecho un nuevo amigo y lo traía para enseñárselo.

—Misterio resuelto.

—¿Cómo?

—Sadie ha hecho un nuevo amigo —dijo haciéndose a un lado para que Jack pudiera verlo.

—Pero, ¿qué es eso? —preguntó Jack alejándose del perro.

Parecía nervioso. Dixie volvió la mirada hacia Sadie y la pequeña serpiente que sujetaba entre los dientes.

—No te preocupes, nunca les hace daño —explicó Dixie y se agachó para acariciar la cabeza de Sadie—. Buena chica, estoy orgullosa de ti. Ahora suéltala —dijo poniendo la mano bajo la boca de la perra, que de inmediato obedeció.

Dixie se puso de pie y sujetó la serpiente para que Jack la viera. Él dio dos pasos atrás. Era evidente que no le gustaban aquellos animales.

—De verdad, no le ha hecho ningún daño.

Él se mantuvo alejado.

—¿No será venenosa, verdad?

—No, no es peligrosa. Las serpientes son un remedio estupendo para evitar las plagas de insectos —dijo Dixie y de repente, cayó en la cuenta—. ¿No tendrás miedo de las serpientes?

Jack se tomó tanto tiempo para contestar, que Dixie pensó que no iba a hacerlo.

—Está bien, son mi talón de Aquiles —respondió por fin, ladeando la cabeza.

Dixie contuvo la risa. Por algún motivo, se sintió identificada con él. Él sentía un miedo irracional por las serpientes, al igual que ella por el amor.

Decidió no hacerlo sufrir más. Los miedos irracionales necesitaban tiempo y paciencia, además de la persona y la situación adecuadas para superarlos.

Dixie salió fuera y dejó a la pequeña criatura en la hierba, que rápidamente desapareció. Se dio la vuelta y miró hacia el refugio. Jack la estaba observando desde el umbral de la puerta. Llenó sus pulmones de aire fresco y sintió una punzada junto al corazón. Acababa de encontrar a la persona perfecta en la situación perfecta. Lo único que tenía que hacer era dar el paso final y superar el miedo.

¿Sería capaz de hacerlo? Miedo y deseo se arremolinaban en su estómago.

Jack miró cómo Dixie dejaba cuidadosamente la serpiente en el suelo. El sol producía reflejos dorados en su cabello y sintió deseos de acariciarlo.

Por desgracia el momento de pasión que había vivido unos minutos antes, se había desvanecido con la aparición de la serpiente. Aunque no fuera peligrosa, no le gustaban esos viscosos animales. Aquella debilidad suponía una mancha en el historial de un hombre.

Dixie se puso de pie y se giró hacia el refugio. A contraluz, cada curva de su cuerpo se acentuaba.

Jack sintió que su cuerpo se ponía en tensión. Aquella mujer era Eva en El Paraíso, asociándose con la serpiente para provocar su caída e incitándolo para sucumbir a la tentación.

En aquel momento, no era capaz de recordar todas las razones que tenía para evitar acariciar a Dixie o besarla otra vez. ¿Dónde estaba su fuerza de voluntad cuando la necesitaba? Evidentemente, estaban en la parte inferior de su cuerpo junto a casi toda la sangre de sus venas.

Aquella mujer estaba comprometida. Aunque todavía no se había casado, se recordó.

Sus miradas se encontraron. Los labios de Dixie se entreabrieron como si estuviera recordando los besos que acababan de compartir. Antes o después iba a pasar algo entre ellos. La cuestión era saber cuándo.

Jack sacudió la cabeza en un intento de borrar las imágenes que se le venían a la mente. Salió fuera, lanzó un silbido y al instante aparecieron los perros corriendo hacia él.

—Me los llevaré a dar un paseo —dijo Jack siguiendo a los perros hacia los árboles sin darse la vuelta.

Si se arriesgaba y la volvía a mirar, volvería a pasar lo mismo. La pasión seguía viva y sabía que hacia falta muy poco para que las ascuas se convirtieran en llamas.

El sonido de unos pasos le avisó que Dixie había vuelto al interior del refugio, pero eso no aliviaba la tensión que sentía en sus músculos. Notaba que aún lo estaba mirando.

Dixie se quedó de pie en la oscuridad del interior contemplando a través de las ventanas cómo Jack desaparecía entre los pinos. Aunque lo hubiera perdido de vista, no podía olvidar los apasionados besos que se habían dado.

Se sentía culpable al recordar a Emma. Quizá formaran una pareja perfecta. ¿Qué pasaría con ellos ahora?

Habían cruzado una línea y Dixie no estaba segura de cuándo lo habían hecho, pero ya no había vuelta atrás.

Maggie le había dicho muchas veces que llegaría el momento en que su corazón, su cabeza y su cuerpo sabrían cuándo habría conocido al hombre perfecto que le hiciera olvidar todos sus miedos.

Había llegado el momento: Jack era el hombre.

Pero, ¿qué pasaría con Emma?

Se retiró de la ventana y se llevó una mano al estómago. Si aquél era su hombre perfecto, ¿por qué se sentía tan mal?

Quizá Maggie tuviera una respuesta para eso también.

Capítulo siete

A qué te refieres con que no sabes si tiene protección? —preguntó Maggie al otro lado de la línea. Dixie sacudió la cabeza, aunque su amiga no pudiera verla.

—No había planeado que ocurriera esto.

—¿No fuiste girl scout?

—Sí, pero…

—No hay peros que valgan. Cariño, tienes veintisiete años —dijo Maggie y suspiró—. ¿Acaso tu madre nunca te habló de sexo?

—Maggie, no me estás ayudando. Sólo quiero saber si es normal que me sienta como si me hubiera tomado una pócima.

—Lo tuyo es grave —dijo su amiga y rió—. Llámalo como quieras: enamoramiento, deseo, pasión,… Pero, como te digo, lo tuyo es grave.

—Nunca pensé que esto pudiera pasar —dijo Dixie y se dejó caer sobre una de las mecedoras, al lado de la chimenea—. No tenía pensado enamorarme hasta después de cumplir treinta años.

—Pues parece que el destino te reserva otros planes.

—Pero, Maggie…

—Deja ya de dar vueltas a las cosas. Disfruta el momento.

—Lo intentaré —repuso Dixie meciéndose.

—Una última cosa.

—¿Qué?

—Si te rompe el corazón, se las tendrá que ver conmigo —dijo Maggie en tono protector.

Dixie sabía que lo decía en serio.

—Gracias. Eres una buena amiga.

—Y ahora, cuelga. Esta llamada te va a costar una fortuna.

—Adiós —se despidió Dixie y cerró los ojos.

Había merecido la pena hablar con Maggie y volver a la realidad por unos minutos.

Los ánimos de su amiga la habían tranquilizado, aunque no del todo. Era fácil hablar con Maggie, especialmente cuando no podía ver cómo le temblaban las manos.

El aullido de un lobo la sacó de sus pensamientos. Miró por la ventana y vio los últimos rayos de sol. La noche estaba cayendo lentamente sobre el refugio y volvió a sentir un nudo en el estómago. Se había acabado la tranquilidad y la calma. Estaba demasiado asustada para admitirlo.

No tenía sentido preocuparse por algo de

lo que no podía hacer nada, así que se puso de pie y se dirigió a la cocina a ver qué podía preparar para cenar. Sándwiches de pollo no parecían ser la opción más adecuada para seducir durante la cena.

Pero, ¿a quién quería engañar? Tenía la misma idea de seducir que de cambiar el aceite del coche.

La suave luz del candil era el contraste perfecto de sus caóticos pensamientos, pensó mientras buscaba la ensalada de pollo que estaba segura había puesto en la nevera portátil, justo debajo de las manzanas. Sólo tardaría unos minutos en preparar los sándwiches.

Miró por la ventana de la cocina y se preguntó por qué Jack estaba tardando tanto. Quizá lo hubiera asustado con su comportamiento cuando se habían besado. Claro que si había regresado a Denver, ella se quedaría con el refugio.

«No quiero que se vaya». Aunque eso significara que el refugio sería suyo, lo único que le preocupaba en aquel momento era ese hombre y no el concurso.

Era ridículo. Jack no se había podido ir. Su camioneta seguía fuera.

De pronto, oyó ladridos. Jack estaba de vuelta en casa. Pero, ¿desde cuándo pensaba en el refugio de aquella manera tan familiar?

No quería sentirse tan vinculada al refugio o a aquel hombre. No tenía certeza de que acabaran siendo suyos. Cuando los sentimientos estaban en juego, no había nada seguro.

Sintió pánico. Tragó saliva y se repitió los motivos que tenía para estar allí

La puerta de la cocina que daba al porche se abrió.

—No te creerías lo mucho que se ve la luz del candil desde la distancia —dijo Jack en voz queda como si adivinara que cualquier sonido o movimiento repentino pudieran asustarla.

—Hoy cenaremos sándwiches —anunció Dixie evitando mirarlo. Tomó una silla y se sentó.

Los perros se dirigieron a los cuencos con comida que Dixie les había preparado. Era hora de dejar de comportarse como una adolescente frente a él y mostrarse como una mujer adulta e independiente.

Jack se sentó en una silla enfrente de ella y tomó su sándwich.

Dixie sintió que su determinación caía en saco roto al oír su voz.

—¿Dixie?

—Lo siento, estaba recordando cosas del trabajo.

Jack abrió una lata de refresco y dio un

sorbo antes de hablar.

—Entiendo que pienses en el trabajo. A veces es difícil olvidarlo.

—Sí —dijo ella y apoyó los codos en la mesa. Aunque en ocasiones su trabajo se convertía en una obsesión, había sido la primera excusa que se le había ocurrido para salir del paso—. A veces me involucro tanto en el trabajo, en lo que los chicos necesitan o en sus problemas, que me es difícil desconectar.

Jack tragó y se quedó mirándola pensativo.

—A veces cuando estoy trabajando en un caso y conozco las dos versiones de la historia, me gustaría poder dejarlo.

—¿Por qué?

Jack se quedó mirando fijamente la llama del candil.

—La mayoría de las ocasiones mis investigaciones confirman que uno de los miembros de la pareja está teniendo una aventura.

Dixie se enderezó en su asiento y cruzó las manos sobre su regazo. Hasta ese momento no se había parado a pensar en los detalles de su profesión.

—¿Por qué te gustaría poder dejar el caso?

—Si lo miras desde fuera, está mal. Cuando confirmas las sospechas del cliente y descubres que se ha producido un adulterio, ves que ha habido una traición —dijo y se detuvo como si ordenara sus pensamientos—. Entonces, me fijo en el cónyuge que me contrató, en su modo de vida y en todas sus circunstancias. A veces llego a comprender por qué algunas personas necesitan buscar fuera de sus relaciones lo que no encuentran en ellas.

—¿Quieres decir que apruebas las relaciones extramatrimoniales?

—No y ahí es donde se complica todo. Quiero creer en las relaciones duraderas, pero ¿cómo se puede lograr eso si lo único que veo es precisamente lo contrario? —dijo Jack y dio otro bocado a su sándwich. Parecía avergonzado por haber abierto su corazón.

En algunos aspectos, eran más parecidos de lo que Jack pensaba. Dixie también deseaba poder creer en el amor duradero, pero no podía dejar de pensar en los cuatro fracasos matrimoniales de su madre.

Mientras esperaba a que Jack terminara su sándwich, los pensamientos de Dixie deambularon de una cuestión a otra. ¿Qué tipo de relación tuvieron los padres de Jack? ¿Creería él en el amor?

Dixie se acarició las sienes donde comenzaba a sentir un ligero dolor de cabeza. Demasiadas preguntas sin respuesta y no había manera de hacerlas sin pecar de ingenua e ignorante. Aunque quizá a él no se lo pareciera.

—Jack, ¿cómo es la relación de tus padres? —se atrevió a preguntar por fin.

—No me acuerdo. Murieron cuando tenía cinco años y mi tía se ocupó de criarme con ayuda de mi tío Vincent. Nada mejor que crecer junto a una tía solterona para no tener ni idea de cómo han de ser las relaciones normales entre hombres y mujeres —contestó reclinándose en el respaldo y cruzando las manos detrás de su cabeza.

—Lo siento, no quería...

—No te preocupes. ¿Qué me dices de ti? —preguntó él enarcando una ceja—. ¿Tus padres son felices?

Dixie trató de no atragantarse con el refresco y rió.

—Lo siento. Tendrías que conocer a mi madre para saber por qué tu pregunta me parece tan divertida —dijo y se detuvo buscando la mejor manera de describir brevemente a su madre—. Mis padres se divorciaron cuando yo apenas tenía seis meses. Nunca conocí a mi padre. Es un abogado internacional y vive en Europa. Mi madre se casó tres veces más después, siempre convencida de que sería para siempre. Tengo más vestidos de dama de honor en mi armario que cualquier tienda.

Jack puso las manos en la mesa y se inclinó hacia delante.

—Lo siento.

No deseaba un hombro sobre el que llorar, pero al comprobar que lo sentía de corazón, se relajó y las lágrimas asomaron a sus ojos. Pero Dixie se contuvo y evitó que se derramaran.

—Sí, bueno, pero al final todo salió bien. Mamá está contenta dedicándose a la pintura. Ésa ha sido su única constante en la vida.

Ya estaba bien de compartir sus sentimientos, se dijo Dixie y se puso de pie para tirar el plato de plástico a la basura. Lo último que quería era mostrase vulnerable frente a él.

Jack observó cómo Dixie simulaba estar limpiando la cocina. Al principio de la conversación se había relajado y había abierto su corazón. Entonces, la confianza que mostraban sus ojos, dio paso a la cautela.

Jack sabía que no podía forzar las cosas. ¿Por qué se preocupaba? Apenas conocía a aquella mujer y probablemente, después del concurso no la volvería a ver. Eso era precisamente lo que más le dolía.

¿Qué diferencia encontraba en Dixie

respecto a otras mujeres? Había salido con muchas, pero ¿qué la hacía tan intrigante? Quizá fuera que le hacía pensar, que le hacía buscar los motivos que tenía más allá de sus propios pensamientos y creencias, que se sentía a gusto con ella y que le hacía sonreír.

«No es diferente a cualquier otra mujer, no lo olvides», se dijo Jack en un intento para convencerse.

Jack sacudió la cabeza tratando de olvidar aquellos pensamientos.

—Gracias por las toallas limpias. Se me olvidó decírtelo antes —dijo él tratando de pensar en otras cosas.

Dixie dejó de colocar las cosas en la nevera portátil y lo miró confundida.

—¿Qué toallas?

—Las que estaban sobre la cama, blancas y con bordados.

—¿Acaso crees que soy el servicio de habitaciones? La única toalla que he tocado ha sido la que utilicé en el manantial —dijo acariciando a Sadie—. ¿Cómo eran los bordados?

Jack se quedó serio. O Dixie estaba bromeando o habían tenido visita.

—Como los de las sábanas de mi cama.

—¿Las que encontramos en el baúl? —dijo Dixie y regresó a su silla. Se sentó mordiéndose las uñas.

—Imagino que son las mismas —respondió Jack. No le gustaba la preocupación que reflejaban los ojos de Dixie. Si hubiera sabido que no había sido ella, no habría sacado el tema.

—No te preocupes. Lo más probable es que las pusiera yo mismo allí esta mañana y que se me haya olvidado.

Quizá fuera ella la que las había puesto allí después de besarse y ahora le avergonzaba reconocerlo.

—¿Seguro?

Parecía más tranquila. O quizá fuera que se estaba relajando al haberle dejado de hacer tantas preguntas.

—Estoy seguro. No ha estado nadie más ahí arriba. Además, los perros se habrían percatado si hubiera habido alguien.

—Entonces, ¿no crees posible que alguien...?

—No.

Dixie enarcó las cejas ante su rápida respuesta y Jack se puso de pie.

—¿Qué te parece si saco a los perros fuera antes de irnos a la cama?

—Muy bien, gracias.

—Además —dijo Jack tomándola de la barbilla—. Tú has hecho la cena.

Al verla sonreír, Jack deseó que no fueran rivales. Le habría gustado saber cómo habrían sido las cosas si se hubieran conocido en otras circunstancias.

Jack abrió la puerta y Tigger y Sadie salieron disparados. Se giró una vez más y vio confusión en los ojos de Dixie. Esta vez, no sabía a qué era debida.

Dixie esperó a que la puerta se hubiera cerrado para respirar hondo, aliviada. Gracias a Dios que se había ido. A su lado, parecía tener dificultades hasta para respirar.

Seguía sintiendo su calor en la barbilla. Seguramente las huellas de Jack se habrían quedado impresas en su piel.

Tenía que mantener la calma o no conseguiría soportar los días que faltaban. Tenía que concentrarse en su objetivo o aquel hombre se quedaría con el refugio y, lo que era peor, con su corazón.

¿Qué era lo último de lo que habían hablado? Ah, sí, de las toallas. Al principio sus preguntas habían sido insistentes, pero al verla asustada había ido cambiando la conversación. ¿Qué esperaba? La idea de alguien merodeando por el refugio la asustaba.

Quizá Jack se había olvidado de que él mismo las había puesto sobre la cama aquella misma mañana. Pero no parecía ser una persona despistada. Al contrario, parecía muy espabilado y despierto.

Claro que también cabía la posibilidad de que Jack quisiera asustarla para que abandonara el refugio y así quedarse con él. No, él no sería capaz de hacer eso. Otro lo hubiera hecho, pero apostaría un brazo a que él no.

Pero, ¿qué importancia tenía aquella conversación sobre toallas?

Tomó el candil y se dirigió al salón. Con aquella débil luz, las sombras parecían más alargadas y los rincones más oscuros. Estaba muerta de miedo. Si Maggie estuviera allí, se estaría riendo de ella.

Subió la escalera hacia la habitación de Jack. Vería por sí misma las toallas misteriosas. Al llegar al umbral, se quedó de piedra.

El fuego de la chimenea estaba vivo y emitía una agradable y tenue luz en toda la habitación. El colchón de la cama estaba sobre el suelo cubierto con unos almohadones y una bonita colcha blanca sobre la que había un enorme ramo de flores silvestres recién cortadas. El ambiente era muy acogedor.

Aquello no era divertido. Antes de cenar, Jack no había subido a la habitación y no había visto ninguna diferencia en aquella habitación cuando pasó por allí esa misma tarde.

Por un momento no supo si correr hacia

el coche o buscar un objeto a modo de arma. Pero de repente, le surgió otra idea. Era peor que pensar que había un psicópata merodeando por el refugio que había decidido convertir aquella habitación en el lugar más confortable del mundo.

Jack era el autor de todo aquello. Seguramente, antes de cenar había escalado hasta la ventana en lugar de ir a pasear como le había dicho. Eso podía explicar por qué había tardado tanto en regresar. Sí, aquello tenía sentido. Habría pensado que asustándola, ella saldría de allí corriendo y él se quedaría con el refugio.

Jack no sabía a quién se enfrentaba. Aun así, se sentiría más tranquila cuando Sadie volviera. No es que su perro fuera temible, pero al menos tenía unos dientes grandes.

Aunque lo cierto es que Sadie se había encariñado con él nada más conocerlo y sería incapaz de morderlo.

Otro pensamiento irrumpió en su cabeza. Quizá su intención no había sido asustarla sino seducirla.

Se dio media vuelta hacia la puerta y de pronto, su teoría perdió consistencia. Se dirigió hacia la ventana, que estaba cerrada. Si el día anterior le había costado trabajo a Jack abrirla, mucho más difícil habría sido abrirla desde fuera. Por no decir imposible.

Tratando de mantener la calma, se dirigió de nuevo hacia la puerta. Sus piernas querían salir corriendo, su mente quería sacarla de allí como fuera y su corazón quería una explicación racional de toda aquella confusión.

De pronto, se detuvo y soltó una carcajada. Eso era. Había habido una confusión. Seguramente, una camarera despistada de algún otro refugio cercano se había confundido y por error había hecho la limpieza de la habitación de Jack. Parecía el argumento de una película mala.

Era hora de buscar a la persona que podía tener la respuesta lógica y razonable de lo que estaba pasando.

Veloz, salió de la habitación al pasillo y chocó contra algo.

—¿Hay algún fuego? —preguntó Jack, frotándose el lado de la cara que acababa de chocar con la cabeza de Dixie.

Ella le dio una palmada en el hombro.

—Casi me matas. ¿Por qué me estabas espiando?

—Pero, ¿qué demonios te pasa? Estoy seguro de que se nos oía a kilómetros —dijo señalando a los perros que estaban sentados detrás de él y la miraban con interés.

—¿Cómo explicas esto? —preguntó Dixie dando un paso atrás y señalando la habitación.

Jack se asomó y tomándola de la muñeca, impidió que entrara.

—Quédate aquí. Pásame el candil.

Dixie se lo entregó y Jack fue hasta la ventana para comprobar el pestillo.

—Yo también he hecho lo mismo. Está cerrada desde dentro.

No le gustaba la expresión de Jack mientras revolvía las sábanas de la cama. Las flores quedaron esparcidas y algunas se cayeron al suelo.

—Jack, dime que eres tú el que está intentando asustarme para quedarte con el refugio.

En vez de contestar, Jack llamó a los perros.

—¿Estás segura de que todo esto no ha sido idea tuya?

Dixie sacudió la cabeza y él volvió a mirar la cama.

—Voy a bajar. Quédate aquí.

Dixie se sentó en la cama. No tenía ningún sentido dejar allí solos a los perros para demostrarle su coraje. Además, él era el profesional en esos asuntos así que lo esperaría allí.

Después de que Jack saliera de la habitación con el candil, la única iluminación provenía del fuego de la chimenea. Los perros la miraban con curiosidad.

—Estaos quietos —dijo señalando la alfombra que había frente al fuego—. No he perdido la cabeza, sólo el sentido común por participar en este estúpido concurso.

Tigger recorrió toda la habitación e incluso miró debajo de la cama antes de obedecerla y sentarse. Sadie hizo lo mismo.

El sonido de unos pasos en la escalera hizo que Dixie se pusiera de pie y buscara el atizador de la chimenea. Antes de que pudiera agarrarlo, Jack entró en la habitación cargando una mecedora mientras se las arreglaba para llevar el candil, que Dixie rápidamente tomó de su mano.

Jack dejó la mecedora junto a la cama e hizo que Dixie volviera a sentarse donde estaba. Él se colocó en la mecedora.

—Dímelo de una vez. ¿Qué está pasando?

Jack comenzó a mecerse sin dejar de mirarla fijamente.

—No he hecho nada a esta habitación.

Dixie supo por la expresión de sus ojos que decía la verdad.

—Yo tampoco —dijo ella acercándose a él.

—He ido a la parte trasera del refugio y he comprobado que falta leña. Incluso había dos troncos tirados en el suelo —y anticipándose a sus posibles preguntas, añadió—.

No se me escapan los detalles. Es de lo que vivo. Y esos troncos no estaban en el suelo esta mañana. Quien sea que haya hecho esto, conocía el refugio, sabía dónde estaban las toallas y cómo moverse por este sitio sin ser detectado. La pregunta es por qué.

—Quizá sea alguien contratado por el señor Granger —dijo Dixie tratando de encontrar una respuesta lógica.

—Nos lo habría dicho.

—Quizá algún vecino...

Jack negó con la cabeza.

—¿Cuántas casas pasaste de camino aquí? Ninguna.

—Así que tenemos un intruso que enciende la chimenea, hace las camas y deja flores.

—No te olvides de las toallas —dijo él sonriendo.

—Todo esto no tiene sentido. ¿Estás preocupado?

—Tenemos que ser prudentes. Las puertas y ventanas están cerradas y los perros están con nosotros.

—Y podemos usar un tronco de madera como arma —dijo Dixie sonriendo.

¿Debería estar asustada? Al fin y al cabo ella era una extraña que quería el mismo refugio que él. Tampoco sería difícil decir que ella nunca llegó al refugio. Aunque ahora que lo recordaba, su madre había hablado con él por teléfono.

Jack sonrió.

—Por mucho que lo desee, no sería capaz de hacer daño a nadie por quedarme con el refugio.

Ella se avergonzó al comprobar que había adivinado sus pensamientos.

—¿Cómo has sabido lo que pensaba?

—Cariño, tu rostro es fácil de leer.

La había llamado cariño. Quizá llamara a todas las mujeres así.

Dixie se quedó contemplando el fuego para evitar encontrarse con sus ojos. No quería que volviera a leer sus pensamientos.

—¿Y qué hacemos?

—He asegurado el refugio todo lo que he podido y estoy cansado. Pasaremos la noche en la misma habitación y trataremos de dormir algo.

¿Se había vuelto loco? No estaba dispuesta a dormir en su cama mientras él dormía a su lado en la mecedora.

—La cama es suficientemente grande para los dos —dijo Jack desabrochándose las botas.

—No, eso es inadmisible, ¿por qué no vas...?

—Échate hacia allá —dijo Jack quitándose las botas y la cazadora—. Estamos cansados y somos adultos. Si crees que no serás capaz de compartir la cama sin tocarme, entonces duerme en la mecedora.

Dixie se quedó pasmada. Pero, ¿quién se creía que era? ¿Brad Pitt? ¿Hugh Grant?

Dixie se cruzó de brazos y levantó la barbilla.

—Eso será en tus sueños —dijo. Le mostraría que no era una solterona necesitada y amargada.

Jack apagó la llama del candil y Dixie se fue al otro extremo de la cama donde él había estado sentado. Su corazón latía con fuerza.

Tampoco tenía que darle tanta importancia. Tenían que compartir la cama debido a una necesidad. Eran dos adultos capaces de controlar sus actos, aunque no sus pensamientos.

Podía hacerlo. Debía hacerlo. No quería que supiera que era la primera vez que compartía la cama con un hombre.

Le iba a ser difícil dormir. Por un lado, le preocupaba que hubiera un extraño merodeando por el refugio. Por otro, estaba compartiendo cama con un hombre que al besarla le había hecho olvidar su nombre.

Se metió en la cama. Pensaría que la persona al otro lado de la cama era su madre y así resolvería el problema. Jack se estiró en la cama y se quedó contemplando el fuego.

—¿Dixie?

La voz de su madre nunca había sonado así de masculina.

—¿Qué?

—Deja ya de darle vueltas y duérmete. No te haré nada.

Dixie trató de relajarse.

—Ya lo sé.

Como si fuera a dejar que la acariciara. O que la besara en el cuello o cualquiera de las otras cosas con las que su imaginación la estaba atormentando.

Capítulo ocho

DIXIE se acurrucó al calor de la colcha y se oyó una sirena. La suave luz de la mañana iluminaba las paredes de la habitación. Se giró y buscó la calidez del cuerpo que estaba junto al suyo.

Un brazo musculoso la rodeó por la cintura y la atrajo hacia un fuerte y masculino pecho. Sus cuerpos encajaban a la perfección y sentía la cálida respiración de Jack en su nuca.

Jack. Un hombre, en su cama, tocándola.

Dixie se incorporó bruscamente golpeando la nariz de Jack.

—Pero, ¿qué te pasa? —dijo Jack incorporándose mientras se frotaba la nariz.

—Me has tocado —dijo Dixie tratando de mantener la voz serena.

—Te has pasado la noche pegada a mí y pensé que tenías frío.

Sadie y Tigger los miraban desde el suelo meneando las colas.

La sirena volvió a sonar.

Jack saltó de la cama. Al instante, Tigger se acercó a su lado.

De repente, oyeron la puerta de un coche.

Como la habitación daba a la parte trasera del refugio, no podían ver nada desde allí.

—¿Hay alguien ahí dentro? —gritó una autoritaria voz femenina desde el exterior—. Soy agente de policía del departamento de Pagosa Springs en respuesta a su llamada.

De pronto, Dixie miró la ropa que llevaba puesta y luego hacia la cama que evidenciaba que había sido compartida por dos personas. Aunque la persona que acababa de llegar fuera una completa extraña, no quería que nadie pensara que algo había pasado entre ellos.

Jack se puso las botas y abrió la puerta del dormitorio.

—Bajemos. Vamos, Tigger, Sadie.

—Espera. ¿Por qué ha venido la policía?

«Lo sabía. Jack es un criminal huido de la justicia y han venido a detenerlo».

—Anoche, les envié un mensaje por radio desde mi coche.

Jack parecía haberse dado cuenta de su escepticismo.

—Tengo instalada una emisora de radio en mi coche. Recuerda que soy detective privado. Llamé para reportar lo que estaba pasando. Además, quizá sea una buena manera de averiguar más sobre este sitio y su anterior propietario —dijo y ladeando la cabeza, añadió—. ¿Satisfecha?

Dixie se levantó y se puso los zapatos. Su

vida se estaba convirtiendo en un drama y era hora de afrontarlo.

Jack bajó las escaleras detrás de los perros y sonrió ligeramente. Dejaría que la oficial de policía hiciera su trabajo y trataría de no intervenir, aunque la noche anterior hubiera comunicado cuál era su profesión.

Jack corrió el pestillo y abrió la puerta. Los perros corrieron hasta una mujer menuda de pelo oscuro que estaba a punto de llamar con los nudillos de la mano. Se fijó en el nombre de su placa y extendió la mano para saludarla.

—Oficial Church, soy Jack Powers. Los llamé anoche.

Jack dirigió la mirada hacia el coche de policía que estaba junto a su camioneta y vio que había un hombre sentado al volante, pero la tenue luz de la mañana le impedía identificarlo.

¿Por qué no se había acercado hasta la puerta junto a su compañera?

Dixie apareció y alargó su mano a la oficial.

—Buenos días. Soy Dixie Osborn.

—Un placer.

Jack se percató de que había una nota de sarcasmo en su voz. ¿A qué se debía?

—Necesito cierta información para preparar el informe al jefe —dijo la oficial y abrió un pequeño cuaderno de notas.

Dixie miró a Jack asombrada. Ella también se había percatado del tono cortante en su voz.

—Necesito sus nombres.

—Jack Powers —dijo sintiéndose cada vez más frustrado.

—Jack, ¿qué te parece si preparamos café y nos sentamos mientras hablamos con la policía? Oficial Church, quizá su compañero quiera unirse a nosotros mientras rellenamos el informe.

Jack se quedó sorprendido de la capacidad de Dixie para manejar una situación tensa como aquélla. Asintió y se dirigió a la cocina.

Dixie miró sonriente a la oficial Church y confió en poder borrar la preocupación que se reflejaba en el rostro de la otra mujer.

—¿Vendrá su compañero a tomar café?

—No es mi compañero —dijo la oficial cerrando el cuaderno—. Es Clyde, mi marido. Cuando oí que había una llamada desde el refugio, me ofrecí voluntaria para venir.

—No sabe cuánto se lo agradecemos —repuso Dixie intrigada. ¿Por qué la llamada había despertado el interés de aquella mujer? ¿Qué hacía allí su marido?

La oficial Church se giró hacia el coche e hizo un gesto con el brazo. El hombre sacudió la cabeza.

—Clyde es muy tímido, discúlpeme —dijo y se dirigió hacia el coche.

Dixie escuchó los ruidos que venían de la cocina: el choque de las cacerolas, el ladrido de uno de los perros y un alegre silbido. ¿Cuál era la canción que Jack silbaba con tanto entusiasmo? Se encogió de hombros, incapaz de reconocerla y miró hacia donde la oficial y su marido conversaban.

Los gestos eran cómicos. La mujer asentía con la cabeza y el hombre sacudía la suya. Aunque estaba demasiado lejos para oír sus palabras, Dixie se imaginaba la conversación.

—«Clyde, sal de ese coche ahora mismo.»

—«No quiero.»

—«Entonces, ¿para qué has venido?»

—«Porque...»

Dixie oyó pasos tras ella.

—Toma tu café —la voz de Jack interrumpió la conversación que estaba imaginando.

Sintió que las mejillas le ardían temiendo que Jack pudiera leer sus pensamientos y descubrir lo que estaba pensando.

Dixie le dio las gracias y tomó la taza caliente entre sus manos. Bajó la cabeza para evitar que la viera ruborizarse y disfrutar del agradable aroma del café.

Jack dio un sorbo de su taza e hizo un gesto hacia el coche de policía.

—¿Cuál es el problema?

—Parece que a pesar de que el marido de la oficial Church haya venido con ella, es demasiado tímido para salir del coche.

—Sujétame esto —dijo Jack y dándole la taza, se dirigió hacia la pareja que seguía hablando en el coche.

Sería mejor que tuviera cuidado o la oficial Church acabaría esposándolo y llevándolo al calabozo.

Jack mantuvo a raya su impaciencia. Aquél no era uno de los casos que estaba investigando y no había motivo para tener prisa. Decidió acercarse hasta el desconocido.

—Buenos días —dijo alargando la mano a través de la ventanilla del coche.

Tras un segundo de duda, el hombre estrechó su mano y asintió.

—Oficial, el café está listo —dijo Jack y girándose al hombre, añadió—. ¿Qué le parece si…?

—Llámeme Clyde Church —respondió titubeando.

Jack se giró a la oficial.

—¿Qué le parece si Clyde y yo damos un paseo con los perros antes de que volvamos dentro y terminemos el informe?

La oficial Church pareció dudar entre seguir dando órdenes a su esposo o ceder a su deseo de tomar un café.

—Me parece una buena idea —dijo tras unos segundos y se unió a Dixie que la esperaba en el porche. Las dos mujeres entraron al interior del refugio.

Jack se giró hacia el ocupante del coche. El hombre abrió la puerta y salió.

—Buenos días. Me alegra que haya sabido ganarse la confianza de Imogene, mi esposa. Es una mujer única, pero tiene todo un carácter.

Jack no podía creerlo. Unos minutos antes, aquel hombre asustadizo apenas había articulado palabra y ahora parecía muy hablador.

—Les agradecemos mucho que usted y su esposa hayan venido hasta aquí.

—No hay problema. Para eso está la familia.

—¿Familia? —repitió Jack mientras se dirigían hacia los perros, que esperaban al pie del porche.

Clyde Church se ruborizó.

—Bueno, a Imogene no le gusta que nadie

conozca nuestra relación con el refugio, pero es imposible mantener un secreto así en un pueblo tan pequeño. Mi esposa estaba empeñada en venir y no estaba dispuesto a dejarla venir sola.

Jack suspiró. Parecía que las respuestas a cada pregunta iban a ser largas.

—Y, ¿dónde encaja la familia en todo esto?

Sonriendo, Clyde miró hacia Tigger y Sadie que peleaban para hacerse con un palo.

—Mi tío abuelo construyó este refugio, así que cada vez que pasa algo aquí, tratamos de ayudar. Ya sabe, como de la familia.

Jack se pasó una mano por la cara y sintió que la nariz todavía le dolía. Apenas hacía una hora que se había chocado con Dixie y sin embargo le parecía que hacía semanas.

—¿Quiere decir que suelen pasar cosas aquí? —preguntó Jack señalando al refugio.

—No muy a menudo, pero teniendo en cuenta que dentro de unos días será el veintiséis de abril, esperábamos que sucediera algo.

Clyde se rascó la oreja. Era evidente que no se le daban bien las respuestas rápidas.

Paciencia. La tía Emma estaría orgullosa de él por mantener la calma.

—¿Qué importancia tiene esa fecha? —

preguntó Jack.

Clyde se tomó su tiempo antes de responder. Después de unos largos segundos, miró a su alrededor para asegurarse de que estaban a solas y se inclinó hacia delante.

—Hay muchas cosas que desconozco, pero si de algo sé, es de este refugio.

—¿Y?

—Bueno, no nos gusta mucho hablar de eso fuera de la familia.

Dixie salió del refugio. Clyde se detuvo y se aseguró que su esposa no estuviera cerca.

Dixie miró a Jack y levantó las cejas.

—La oficial Church ha ido a dar una vuelta por el refugio. ¿Interrumpo algo?

—Clyde me estaba contando un poco de la historia del refugio —dijo Jack y girándose hacia Clyde, añadió—. Dixie es de confianza.

Clyde dudó unos segundos y entonces suspiró, incapaz de resistir la tentación de compartir ante aquel público las curiosidades del refugio, aunque su esposa estuviera por allí cerca.

—Todos hemos intentado olvidar en estos años el hecho de que Cynthia dejara plantado al tío Bill en el altar. Pero cuanto más excéntrico se volvía con el paso del tiempo, más lo recordábamos todo.

Alentado por contar con aquella audiencia

tan interesada, Clyde les hizo un gesto para que se acercaran más.

Jack sonrió. Aquel hombre estaba apurando sus quince minutos de gloria. No podía culparlo y quería conocer más detalles de la historia. Ahora entendía el porqué de la letra C bordada en las sábanas.

—Tendríamos que haber imaginado que habría problemas. Cynthia nunca se comportó de una manera normal. Conoció al tío Bill en la fiesta de la primavera hace veinte años —dijo con gran ceremonia antes de tomar aire—. El pobre Bill nunca tuvo suerte. Era pobre, pero muy trabajador. Cada fin de semana iba a la ciudad, aunque por aquel entonces, todavía no había construido el refugio aún. Cynthia había pasado dos años estudiando en la Universidad de Denver y era una mujer de mundo. Se vestía diferente a las demás chicas de aquí y usaba maquillaje. Sus labios se distinguían a distancia.

Clyde se quedó concentrado en sus pensamientos y ahogó una carcajada mientras recordaba. Jack esperó pacientemente a que el hombre continuara y Dixie comenzó a tamborilear con los dedos sobre el otro brazo.

Dixie trató de detener el movimiento de sus dedos, pero le era imposible. No podía controlar la impaciencia que sentía. Quería que se diera prisa y que les contara más sobre el refugio. Pero sabía que el hombre estaba disfrutando de aquel momento de intriga, así que decidió esperar.

Después de unos segundos, Clyde respiró hondo y se inclinó hacia delante.

—¿Por dónde iba? Ah, sí, los labios. No se los pintaba de rojo o rosa sino de naranja, siempre de naranja. Bueno, pero eso no tiene nada que ver en esta historia. Es que recordarla siempre me resulta divertido.

—¿Cuándo decidió su tío Bill construir el refugio?

—Después de cortejarla a diario durante cuatro o cinco meses, Bill decidió declararse a Cynthia. Por alguna razón incomprensible, ella le dijo que sí —Clyde se detuvo y sacudió la cabeza—. No es que Bill no fuera una buena persona, es sólo que no parecían tener nada en común. Les gustaban cosas diferentes. En cuanto dijo que sí, Bill comenzó a construir un hogar digno para Cynthia, según él mismo decía.

Dixie detuvo el movimiento de sus dedos al imaginar el amor que Bill debía sentir por Cynthia. Todos sus sueños, su futuro y su corazón puestos en un único objetivo.

—Él mismo construyó este sitio con sus propias manos y pensó en todos los detalles —continuó Clyde—. Como poner una ventana en el dormitorio principal mirando hacia el este para que así el sol despertara cada mañana a Cynthia.

Dixie advirtió que Jack estaba deseando saber el final de la historia. ¿Acaso no se daba cuenta de cuál iba a ser el final de la historia?

Clyde pareció percatarse de la impaciencia de Jack y temiendo que perdiera el interés, se apresuró a continuar.

—Incluso talló él mismo la cama de matrimonio que iban a compartir. Durante meses trabajó aquí y ella siempre insistió en no conocer la casa hasta que no estuviera terminada.

—¿Sabe por qué no quiso venir a verla durante la construcción? —preguntó Dixie. No entendía que aquella mujer no quisiera participar en el proceso de crear el que iba a ser su hogar.

Clyde asintió.

—Lo mismo me pregunto yo. Una casa es algo muy personal y al menos debería haber mostrado algún interés. Ésa debería haber sido la primera señal para el tío Bill de que algo no andaba bien. Pero era tan feliz que no se percataba de nada.

Jack sonrió.

—Siento interrumpirlo, Clyde, pero, ¿qué

pasó para que Bill perdiera el refugio?

—Ésa es la peor parte de la historia. El día de la boda, todo el mundo en el pueblo fue. Iba a ser una gran fiesta, por capricho de Cynthia —dijo e hizo una pausa para dar mayor dramatismo a su narración—. Llegaron las tres de la tarde, hora en la que se supone que iban a casarse. Luego, las tres y cuarto, las tres y media. Antes de las cuatro, casi todos los invitados habían vuelto a casa. Pero Bill no quería irse y se quedó en la puerta de la iglesia esperándola. Finalmente la madre de Cynthia se fue a su casa y regresó con una nota de su hija que había encontrado sobre la cama.

El corazón de Dixie latía con fuerza.

—¿Qué decía?

No quería que continuara, temía el triste final de la historia. Pero no podía hacer nada por detenerlo.

—La nota tenía dos líneas. Diez palabras que cambiaron la vida de Bill Peterson para siempre —dijo Clyde y tomó aire antes de continuar—. *Viviré en la ciudad. Voy a casarme con Timothy Bart.* Bill nunca dijo una palabra. Timothy Bart era el presidente del banco con el que Bill firmó la hipoteca para construir el refugio y había sido su rival desde la escuela. Cynthia y Timothy se marcharon a Denver ese día y nunca regresaron.

Dixie parpadeó tratando de contener las lágrimas.

—¿Entonces su tío cerró el refugio?

—Es una manera de decirlo —dijo Clyde sacudiendo la cabeza—. Ese día se fue de la iglesia sin decir ni media palabra y desde entonces no volvió a hablar con nadie. Pagó al banco como pudo y nunca se preocupó de los impuestos. Por eso al final, el Estado le embargó el refugio. En ocasiones se le ha visto en el pueblo. Hay quien dice que vive en una cueva.

«Pobre hombre», se dijo imaginando cómo debía sentirse. La vergüenza y la frustración le habrían hecho llegar a la conclusión de que era mejor vivir solo que arriesgarse a enamorarse otra vez. Muchos de los adolescentes con los que Dixie trabajaba, pensaban de aquella manera al sentirse rechazados por aquéllos a los que más querían. Preferían dar la espalda antes que arriesgarse otra vez a que los hirieran.

¿Acaso no hacía ella lo mismo? ¿Por qué siempre había evitado mantener una relación amorosa? Estaba convencida de que todas las relaciones estaban destinadas al fracaso.

Había visto a su madre intentando una y otra vez encontrar el amor de su vida y siempre había salido mal. ¿Quién le podía asegurar que lo mismo no le pasaría a ella?

Dixie dirigió la mirada hacia Jack. Se comportaba igual que los chicos del centro, siempre disimulando sus emociones.

—¡Clyde! —gritó la oficial Church desde el interior del refugio—. ¡Ven aquí y ayúdame a buscar!

Clyde asintió obediente y salió disparado hacia el refugio.

—Bueno, es evidente que sus reflejos funcionan bien —dijo Jack riendo—. Al menos, al oír la voz de su esposa.

Dixie se quedó mirando la puerta por la que había desaparecido Clyde hacia el interior de la casa y después se giró hacia Jack.

—Tenemos que ayudarlo.

—¿A quién? ¿A Clyde? —preguntó Jack y sacudió la cabeza.

—No, a su tío. A Bill —dijo y miró a los árboles que los rodeaban, como si esperara verlo por allí.

—¿Qué quieres decir con ayudarlo?

—No sé cómo explicarlo exactamente —dijo Dixie. Quería que Jack entendiera por qué tenían que ayudar al hombre que había construido el refugio por el que estaban compitiendo—. Tenemos que encontrarlo y asegurarnos que vive en un sitio decente. Tenemos que buscar la forma de que pague sus impuestos.

Jack la miró preocupado.

—¿Estás bien?

Dixie tragó saliva.

—¿Por qué no íbamos a ayudarlo?

—Porque no lo conocemos. No sabemos si esa historia es del todo cierta y además, no puedes ir por ahí salvando el mundo.

—¿Por qué no?

—Por favor, sé seria —dijo Jack sacudiendo la cabeza—. ¿Quién crees que eres? ¿Su ángel de la guarda?

Dixie ladeó la cabeza, tratando de no ruborizarse.

—Me gusta pensar que puedo hacer algo para que las cosas cambien.

Jack silbó y al momento aparecieron Tigger y Sadie de entre los pinos. Corrieron hasta ellos y se sentaron en el suelo junto a los pies de Jack.

—¿Qué piensas hacer para que las cosas cambien?

Dixie tomó un mechón de pelo entre sus dedos y comenzó a jugar con él.

—Es difícil ponerlo en palabras. Con los chicos con los que trabajo, sus esperanzas, sus frustraciones, sus miedos,... Quiero creer que puedo hacer algo para que sus vidas cambien. Lo mismo me pasa con la situación de Bill. Ha sufrido mucho y ha perdido la confianza en los demás.

¿Estaba Jack escuchándola o al menos

prestando atención? Dixie se sentía como una idiota por el discurso que acababa de soltar.

—¿Cuántos años tienen los chicos con los que trabajas? —preguntó Jack.

—La mayoría son adolescentes. Adolescentes sin rumbo y sin una verdadera familia —dijo Dixie mirando hacia el refugio—. ¿Puedes imaginar el beneficio que esto les haría? Aquí aprenderían técnicas de supervivencia, tendrían asesores con los que hablar... Éste sería un lugar perfecto para recuperar su autoestima.

—¿No pueden tener todos esos beneficios en la ciudad? Este refugio está en mitad de ningún sitio.

Dixie sonrió y miró a su alrededor.

—Exacto. Por eso es el lugar perfecto.

Aquellas palabras resonaron en la cabeza de Jack. Trataba de entender lo que le había dicho. Tenía razón: Los chicos disfrutarían todas aquellas experiencias que ella tenía en mente para ellos.

Dixie le había hablado de sus planes de manera espontánea y sin apenas darle importancia. Era evidente que se sentía tan cómoda con él que había compartido sus sueños sin apenas reparar en que lo estaba haciendo. Y sus sueños eran muy nobles.

Pero a Emma también le gustaría el refugio. Por eso había participado en el concurso y Jack tenía que recordarlo. Se merecía vivir en un sitio como aquél después de todos los años que había sacrificado por él.

Pero el hecho de que hacer realidad los sueños de Emma supondría acabar con los de Dixie, no le agradaba.

Ninguno de los dos hablaba. Ambos parecían estar sumidos en sus pensamientos. Jack prefería no contarle el motivo por el que quería quedarse con el refugio. No parecía el momento adecuado para hacerlo.

—¿Señor Powers?

La oficial Church y su marido rompieron el silencio. Habían salido al porche y Jack se dirigió hacia ellos.

—¿Sí?

—Hemos recorrido toda la casa y su perímetro —dijo la oficial cerrando su cuaderno—. Tengo sus nombres y sus datos. En cuanto llegue al pueblo redactaré el informe.

Jack confiaba en que su escepticismo no fuera evidente. Todo lo que la oficial había hecho allí, lo había hecho él antes de que llegara, a excepción del informe.

—Le agradecemos que haya venido hasta aquí —dijo Jack alargando la mano para despedirse—. Y a usted, Clyde, muchas gracias también.

La información que aquel hombre les había dado del refugio había sido muy interesante, aunque no estaba seguro de que fuera verdad.

—De nada —balbuceó. Era evidente que aquel hombre volvía a estar ante la autoritaria presencia de su esposa.

Dixie tomó la palabra.

—¿Hay algo que pueda hacer, oficial Church?

La otra mujer miró a Jack antes de responder.

—Sí, cierre la puerta con llave.

Jack se percató de que había dicho puerta y no puertas. Y lo había dicho intencionadamente. Evidentemente, no le parecía bien que estuvieran los dos solos en el refugio.

El coche patrulla se fue y Jack miró a Dixie. Parecía estar temblando. ¿Estaría llorando por el pobre tío Bill?

Pero de repente, estalló en carcajadas.

Dixie se había contenido hasta que el coche se hubo marchado. Entonces, rompió a reír. Consciente de que Jack la miraba como si se hubiera vuelto loca, Dixie trató de contenerse.

Secándose las lágrimas, se giró hacia Jack.

—Parece que estemos en uno de esos programas de cámara oculta.

Jack se quedó mirándola unos segundos antes de esbozar una sonrisa.

—Todo esto es algo raro.

—Me alegro de que estés aquí. Mis amigos nunca creerán esto. Quizá te necesite para que corrobores la historia cuando volvamos a Denver.

Jack se quedó contemplándola antes de contestar.

—¿Me estás pidiendo una cita? Pensé que tenías novio.

—Bueno, no exactamente. Lo que quiero decir…

Dixie se detuvo al ver la sonrisa de sus labios. Se alegró de no haber dicho la verdad, de que era cierto que quería volver a verlo cuando regresaran a la ciudad. Su seductora sonrisa y sus besos apasionados la hacían desear más.

De pronto, oyeron el sonido del claxon de un coche acercándose. Venía en la dirección por la que se había ido el coche patrulla. Al momento, se repitió.

—¿Qué demonios es eso? —dijo Jack bajando los escalones del porche y dirigiéndose hacia la carretera.

Dixie trató de hacer lo mismo, pero era incapaz de moverse y dejar de contemplar el cuerpo de Jack.

Un coche apareció a toda velocidad, demasiado rápido para el estado en el que estaba la carretera. No era el coche patrulla sino otro de color negro.

Dixie sintió curiosidad. ¿Quién estaba llegando al refugio conduciendo de aquella manera en un coche que no estaba preparado para aquel terreno? Todavía no había llegado el momento de jugárselo todo a cara y cruz.

El coche se detuvo detrás de la camioneta de Jack. Había dos personas en su interior. La ventanilla del conductor comenzó a bajar y Dixie observó curiosa.

Oh, no. No podía ser. Una mano llena de anillos y pulseras los saludó a través de la ventanilla.

Dixie miró repetidamente a Jack y al coche recién llegado. Aquello no podía estar pasando.

—¡Dixie! Estoy aquí, querida —dijo una mujer desde dentro del coche.

Dixie miraba horrorizada sin poder moverse.

Estelle Osborn acababa de llegar. ¿Qué había hecho Dixie para que su madre apareciera en el refugio de aquella manera?

Jack escuchó aquella voz y le resultó familiar.

Claro, era la voz que había oído al otro lado de la línea telefónica cuando contestó el teléfono móvil de Dixie. Era su madre.

¿Qué estaba haciendo aquella mujer en las montañas de Colorado? ¿Sabía Dixie que iba a ir? ¿Era algún tipo de plan para que dejara el refugio?

A juzgar por la expresión de horror en el rostro de Dixie, aquella visita era una sorpresa inesperada.

Jack volvió a mirar a la mujer que había salido del coche y que en aquel momento estaba diciéndole algo al conductor.

¿Quién era el loco que la había llevado hasta allí?

Un hombre salió del coche por la puerta del conductor. ¡El tío Vincent!

Pero, ¿qué era aquello? ¿El día de la reunión familiar? Su tío se dirigía hacia él llevando del brazo a la madre de Dixie.

Tenía que haber una cámara escondida en algún sitio. Jack deseaba gritar a los micrófonos que sabía lo que estaba pasando.

Por desgracia sabía que todo aquello era una desafortunada casualidad y no un programa. Allí estaban dos personas que deberían estar en Denver dirigiéndose hacia un refugio en el medio de ningún sitio.

La mujer soltó el brazo de Vincent y tomó a Dixie por los hombros.

—Cariño, nos sabes el trabajo que nos ha costado al tío de Jack y a mí dar con este sitio.

Dixie hizo una mueca mientras su madre la estrechaba entre sus brazos.

—Mamá, ¿qué demonios estás haciendo aquí?

—Te he traído el desayuno. ¿Dónde está ese agradable hombre con el que hablé por teléfono? —preguntó Estelle y se giró hacia los dos hombres—. Ya sabes, el que está dispuesto a enseñarte a cocinar.

Dixie se giró y miró a Jack, que estaba hablando con su tío.

—Tío Vincent —dijo Jack sacudiendo la cabeza.

El otro hombre estrechó la mano de Jack, mientras con la otra mano le daba una cariñosa palmada en el hombro.

—Sé lo que estás pensando, Jack, pero Emma y Estelle no me dejaron otra opción.

Obviamente, Emma tenía un gran control sobre la vida de Jack si era capaz de enviar al tío Vincent a conocer a su oponente.

Jack se apartó con su tío Vincent de Dixie y su madre.

—No te lo tomes a mal, siempre me alegro de verte, pero ¿qué estás haciendo aquí? ¿Cómo has encontrado este sitio?

—Parece que la madre de tu rival estaba preocupada y dio con Emma. Emma me llamó, yo llamé a Estelle y... aquí estoy —dijo Vincent. Parecía confuso—. Al final, no sé cómo he acabado acompañándola y conduciendo el coche para que no viniera sola.

—Bueno, es hora de que conozcas a mi rival —susurró y se volvió hacia las mujeres—. Dixie, quiero que conozcas a mi tío Vincent Powers.

Dixie dio un paso hacia él y estrechó su mano

—Un placer. Jack, quiero presentarte a mi madre, Estelle.

—Encantado —dijo Jack haciendo una ligera inclinación con la cabeza.

—Es como si ya nos conociéramos —dijo Estelle sonriendo—. Después de hablar contigo por teléfono es como si ya te conociera. Llámame Estelle.

—Sí, señora... digo, Estelle —y mirando a su tío, añadió—. Me dice mi tío que es una mujer muy persuasiva.

—Bueno, cuando empecé a pensar en Dixie, aquí en las montañas, con Dios sabe qué maníaco —dijo Estelle y dirigió una mirada de disculpa hacia Jack—. Eso fue antes de que te conociera, claro. Quería estar segura de que todo estaba bien.

Dixie se quedó de piedra. Jack nunca la había visto quedarse sin palabras y eso le parecía extraño.

Dixie no sabía qué hacer. Su madre y el tío de Jack estaban allí. Aquello parecía una broma pesada de las de Maggie. Pero una cosa era no meter el pijama en su maleta y otra mandar a su madre al refugio.

—¿Dónde está ese desayuno que has traído? —dijo Dixie tratando de mantener a su madre calmada. Tenía que buscar la manera de quedarse a solas con ella para hablarle sobre su falso compromiso con Guy.

—Casi lo olvido —dijo Estelle y se dirigió a Vincent—. Vinnie, querido, ¿podrías ser tan amable de ir al coche y traer lo que hemos comprado mientras Dixie me enseña el refugio?

Jack hizo un gesto a su tío y Estelle tomó del brazo a Dixie dirigiéndose al interior.

—Háblame del refugio —dijo Estelle deteniéndose frente a la puerta principal—. Parece grande.

Dixie sabía leer entre líneas lo que su madre opinaba realmente: que el sitio era sucio y estaba abandonado. Precisamente lo que Dixie no veía en aquel sitio, donde había tantas posibilidades.

Dixie acompañó a su madre al interior y comenzó a explicarle en voz baja los detalles de su supuesto compromiso, pidiéndole que no revelara la verdad a Jack.

Jack siguió a su tío hasta el coche y lo ayudó a descargar los víveres. Los llevaron adentro y los depositaron sobre la mesa de la cocina.

El refugio, que hasta entonces parecía grande, se había visto reducido ante la llegada de los inesperados visitantes. Jack temía que su tiempo a solas con Dixie se viera amenazado y eso no le gustaba. ¿Cuándo habían perdido el control sobre la situación?

Los aromas que desprendían las bolsas hicieron que Jack volviera a prestar atención a las cosas que sí podía controlar, como el apetito.

—¿Qué habéis traído?

—Estelle no sabía qué traer ni lo que te gustaría —dijo Vincent vaciando las bolsas—. Así que tenemos de todo: galletas, salchichas, beicon, tostadas, avena, fruta,… No creo que nos muramos de hambre.

Jack fue abriendo los paquetes. De repente oyó que Dixie bajaba la escalera con su madre. La inconfundible voz de Estelle resonaba sin que pudiera distinguir lo que decía, hasta que entraron en la cocina.

—Cariño, ya tienes veintisiete años. Si quieres tener relaciones sexuales, ¿quién soy yo para juzgarte? Ya eres mayorcita para tomar tus propias decisiones —dijo Estelle mientras tomaba un vaso de plástico con café que Vincent le ofrecía—. Mira a Jack. Si no quisierais pasarlo bien juntos, me preocuparía.

—Mamá —dijo Dixie. Miró a Jack, luego a Vincent y finalmente al techo. ¿Qué pretendía su madre? Dixie le había hablado de su supuesto compromiso con Guy—. No hay nada entre Jack y yo, ya te lo he dicho.

—¿Así que simplemente tienes una aventura a espaldas de Guy? —preguntó Estelle sin inmutarse.

Jack decidió compadecerse de Dixie. A pesar de que apenas conocía a Estella. Enseguida se dio cuenta de que tenía que ayudar como fuera a Dixie.

—Señora, le garantizo que a pesar de lo guapa que es su hija, no hemos hecho nada de lo que Guy tenga que preocuparse.

—Jack, soy una mujer adulta y puedo arreglármelas yo sola —dijo Dixie retirándose un mechón de pelo del rostro—. Mamá, no ha pasado nada. Los dos estamos tratando de ganar este refugio y no hay nada más.

—Es una lástima, querida —suspiró Estelle—. Jack me recuerda tanto a mi segundo…, no, a mi tercer marido.

Dixie parecía a punto de estallar. La única manera que se le ocurrió de detenerla fue besándola. Después de unos segundos de confusión, Dixie se relajó con aquel beso. Aunque estaba seguro de que más tarde pagaría por ello.

Dixie se quedó en silencio al sentir los labios de Jack sobre los suyos. Aquel beso la sacudió más que el hecho de que tratara de proteger su reputación. Ya no era ninguna niña y no tenía por qué dar explicaciones de cada cosa que hacía.

Se quedó inmóvil unos instantes hasta que su cuerpo convenció a su cabeza de que aquello era lo mejor para su mente y su libido.

Jack la tomó por la nuca. Se sentía flotar y su respiración se hizo entrecortada. Sus pulmones estaban a punto de colapsar, pero de repente Estelle se aclaró la garganta.

Jack sujetó por los hombros a Dixie mientras se apartaba de ella. Le agradecía el apoyo y sospechaba que él sabía lo mucho que lo necesitaba. Su expresión era neutral y sus labios estaban fruncidos. ¿Acaso no había sentido nada con aquel beso?

Vincent se acercó a Jack y estrechó fuertemente su mano.

—Así se hace, con decisión, a la manera de los Powers.

Vincent tomó el rollo de papel toalla y se lo entregó a Estelle. Dixie no sabía si reír o llorar. ¿Qué demonios estaba pasando? ¿Podría soportar todo aquello sin hacer daño al cariñoso tío Vincent y a la dramática de su madre? Quizá Jack había pensado que de aquella manera la estaba salvando de la situación, pero en el fondo lo único que deseaba en ese momento era ahogarlo en el manantial.

Además, ¿qué había querido decir su madre con eso de que era una lástima? Acababa de hablarle acerca de su falso compromiso con Guy y no entendía qué era lo que pretendía.

—Sé que Dixie puede hablar por sí misma, pero quiero ser yo quién aclare las cosas. Sé que está comprometida con Guy y lo respeto —dijo Jack desde un extremo de la mesa.

Dixie le hizo una señal para que saliera por la puerta de atrás. Era hora de hablar.

—¿Por qué no damos un paseo a los perros mientras tu madre y Vincent conocen el refugio? —preguntó Jack quien parecía haber entendido el mensaje y se acercó hasta Dixie. La tomó del codo y se dirigieron hacia la puerta trasera—. Si nos disculpáis…

—Esta bien, pero quiero tomar parte en la organización de tu boda con Guy. Quizás en otoño… —comenzó a decir Estelle, pero dejaron de oírla una vez en el porche.

Jack soltó el brazo de Dixie nada más cerrar la puerta.

—Muy bien, Einstein, ¿qué pretendías ahí dentro?

Vincent y Estelle se asomaron a la ventana, curiosos.

—Por favor —dijo tomándola de la mano y tirando de ella hacia los árboles.

Dixie tenía que correr para mantener su paso.

—¿Podemos ir más despacio?

—Lo siento —dijo él deteniéndose y soltando su mano.

—Tu madre, ¿suele mostrar tanto interés por todo?

Dixie puso los brazos en jarras.

—No más que tu tío.

Jack había ido demasiado lejos insinuando que su madre era una cotilla. Aunque así fuera, él no era quién para juzgarla. No con la nariz de su tío pegada a la misma ventana que la de su madre.

Jack se pasó una mano por la mejilla.

—Está bien. Vamos a ver si somos capaces de arreglar todos estos entuertos antes de que la cosa vaya a peor.

—Así que no sólo mi madre es una fisgona si no que ahora pasar la noche conmigo en la cama es lo peor que te puedes imaginar, ¿no? ¡Venga ya! No me digas que te preocupa el qué dirán.

Para ser exactos, habían dormido en la misma cama, uno junto al otro y se habían besado.

Jack dio un paso hacia ella.

—Dixie, tranquilízate.

Tenía que haberse dado cuenta por la expresión de Jack de que debía andarse con cuidado.

—Sólo porque te pasas el día espiando a otros, no quiere decir que todos...

Jack acortó la escasa distancia que los separaba y estrechó a Dixie contra su pecho. Antes de que se diera cuenta, la besó haciéndola callar. Era la segunda vez que lo hacía en la mañana.

Dixie lo rodeó por el cuello. Lo que había comenzado como un acto espontáneo de Jack se había convertido en un apasionado encuentro. El suave roce de la lengua de Jack sobre sus labios la devolvió a la realidad.

Dejó caer los brazos y se apartó de él, evitando encontrarse con sus ojos.

¿Qué demonios le pasaba? Le era imposible controlarse cada vez que los labios de Jack la besaban. Lo único que deseaba en esos momentos era ir más allá y entregarse a un deseo que nunca pensó que pudiera existir.

—Está bien, nada más de besos. Trataré de ser racional —dijo ella finalmente mirándolo a los ojos—. ¿Por qué has tenido la necesidad de dar explicaciones como si fuéramos unos críos a los que han pillado haciendo una travesura?

—Tu madre acababa de ver la cama que habíamos compartido. No quiero que se ponga histérica.

—Mi madre ha tenido cuatro maridos. No creo que se asuste —dijo Dixie. Lo que a su madre probablemente le asustaría sería saber que no había pasado nada entre ellos.

Jack dio unos pasos por el sendero y luego regresó.

—Lo entiendo. Quizá sea un antiguo, pero no quería ser irrespetuoso con tu madre. Además, cuando tu prometido se entere, quiero que tengas una excusa.

Dixie se quedó mirándolo mientras caminaba de un lado para otro. Aquel hombre era todo un caballero y eso le gustaba. Su admiración por él se hizo mayor.

No es que eso importara realmente. Tenía que recordar su objetivo: el centro, los chicos, su compromiso con Guy,...

—Te propongo una cosa. Sólo nos quedan dos días para acabar con todo esto. Podemos seguir comportándonos como hasta ahora —dijo Dixie metiéndose las manos en los bolsillos traseros de sus vaqueros—. Luego, nos jugaremos el refugio a cara y cruz y cada uno seguirá con su vida.

Jack se detuvo y se quedó mirándola durante unos segundos antes de responder.

—De acuerdo. Además, tu madre y mi tío probablemente se irán antes de que anochezca, así que sólo tendremos que disimular un día más. Creo que podremos hacerlo.

Dixie esperaba que tuviera razón. Parecía fácil, pero nada que parecía fácil al principio acababa siéndolo. Quizá aquella situación fuera la excepción.

Todo lo que tenía que hacer era no pensar en el sabor de los labios de Jack. Sí, eso era lo que tenía que hacer..

Jack escuchó a Estelle hablar largo y tendido. Dixie y él habían regresado al refugio y se habían encontrado con su tío y la madre de Dixie esperándolos.

Dixie había decidido hacer frente a la situación.

—Mamá, señor Powers, Jack y yo queremos que disfrutéis el tiempo que vais a pasar con nosotros —dijo Dixie apretando la mano de Jack. Estelle se acercó hasta ellos—. Mamá, cuando volvamos a Denver podremos hablar de mis planes de boda.

Vincent tomó a Estelle por el brazo y la atrajo hacia la mesa.

—Comamos algo antes de que mi sobrino se muera de hambre. Los hombres de mi familia tenemos un gran apetito.

Estelle puso la mesa.

—Jack, querido, ¿podrías bajar esa mecedora que he visto arriba?

Jack obedeció aliviado por tener una excusa para salir de allí y poder poner en orden sus pensamientos. Entró en la habitación y vio lo mismo que habrían visto Estelle y Vincent un rato antes: la cama deshecha, flores por todo el suelo y el fuego de la chimenea encendido.

Sí, era el escenario perfecto para vivir una aventura amorosa. Sin embargo, el tiempo que había pasado con Dixie en aquella cama había sido totalmente inocente. O casi inocente. Los sueños que habían pasado por su mente no formaban parte de la realidad.

Había sido toda una tortura pasar la noche

junto al calor de Dixie y había resistido como había podido los instintos que su cercanía había despertado.

Se acercó hasta la ventana y vio a Tigger y a Sadie jugando.

No había pasado nada sexual entre Dixie y él, pero aun así había disfrutado durante las largas horas de la noche de su acompasada respiración. ¿Cómo podía ser posible?

¿Qué estaban haciendo los perros? Sus juegos lo habían sacado de sus pensamientos. Parecían estar peleando por algo, que no parecía ser ni un animal ni un palo.

Jack se alejó de la ventana, tomó la mecedora y se dirigió hacia la escalera. El sonido de voces y risas se oía en la cocina. Al entrar, Dixie dio un pellizco a su tío y se ruborizó.

Estaba preciosa y fuera de su alcance, ya que estaba comprometida con un tal Guy. Jack tenía la misma meta que Dixie así que eran rivales. Los dos querían lo mismo: quedarse con el refugio.

—Vincent, ¿puedo hablar contigo antes de que nos sentemos?

Jack quería ver lo que los perros habían encontrado y explicarle a su tío los extraños acontecimientos que se habían producido en el refugio.

—Por supuesto. Señoras, si nos disculpan… —dijo Vincent y siguió a Jack.

Una vez en el exterior, Jack cerró la puerta trasera.

—Quiero comprobar cómo están los perros.

Los dos hombres se acercaron hasta donde los perros estaban jugando y Jack emitió un silbido. Sadie acudió a él enseguida y Tigger la siguió llevando algo que parecía una tela entre los dientes.

Jack se puso en cuclillas y extendió la mano hacia Tigger.

—Ven, dámelo.

El perro obedeció a su amo.

—¿Qué es eso? —preguntó Vincent acercándose.

Jack inspeccionó la tela, que resultó ser una camisa de franela. Estaba en buen estado aunque algo sucia por culpa de los perros. No era suya y el refugio estaba a kilómetros del vecino más cercano. Al parecer, el misterioso visitante había dado con los perros aquella mañana. Pero, ¿cómo se habían hecho los perros con su camisa?

Jack se puso de pie.

—Alguien ha estado rondando por el refugio desde que Dixie y yo estamos aquí.

—¿Os han robado algo? —preguntó Vincent mirando la camisa.

—No, sólo hemos observado cosas extrañas. Toallas cambiadas de sitio, ramos de flores silvestres,... —dijo Jack y suspiró. Se sentía ridículo—. Nada peligroso. Pero me preocupa que haya alguien merodeando y entrando cuando quiere. ¿Qué pasa si viene cuando Dixie esté sola?

—¿Sabe ella que esto está pasando? ¿Estás seguro de que no es ella?

—Sí, lo sabe, por eso compartimos habitación anoche. Y a menos que sea una gran actriz, está tan sorprendida como lo estoy yo —dijo Jack lanzando un palo a Tigger—. Por eso os cruzasteis con el coche patrulla cuando llegasteis. Hemos puesto una denuncia.

—¿Cuánto tiempo hace que os conocéis Dixie y tú?

—Una semana más o menos, desde que se celebró el concurso —respondió acariciando la cabeza de Tigger.

—Es poco tiempo —sonrió Vincent—. ¿Te atrae esa chica, verdad?

Jack se quedó sorprendido ante la pregunta de su tío sobre algo que no había sido capaz de reconocer para sí mismo.

—Algo así.

Vincent volvió a mirar la camisa.

—No parece que la camisa esté rota ni tenga manchas de sangre, así que podemos presumir que los perros no se la arrancaron.

—Tampoco estaba muy lejos. Si no, estaría sucia o rasgada. Esa persona estaba cerca cuando llegasteis —dijo Jack y miró hacia los árboles. Lo más probable es que la persona ya no estuviera por allí, pero su instinto le hizo mirar alrededor—. Probablemente se asustó al veros llegar.

—¿Crees que deberíamos denunciar lo que ha pasado a alguien más además del sheriff de Pagosa Springs? —dijo Vincent doblando cuidadosamente la camisa ante la atenta mirada de los perros.

—¿Y qué diríamos? ¿Que alguien nos ha tratado como a invitados, trayéndonos flores y cambiándonos las sábanas? La agente de policía que vino esta mañana no nos ha tomado en serio.

—Entonces, prestaré atención mientras esté aquí —dijo Vincent y miró hacia la casa—. Pero no quiero que Estelle se alarme. ¿Te parece si no decimos nada?

—Parece que quieras protegerla —dijo Jack sonriendo y arqueando las cejas—. ¿Cuánto tiempo hace que conoces a la madre de Dixie?

—Casi el mismo tiempo que hace que tú conoces a su hija —respondió y encaminándose hacia el refugio, añadió—. No sé tú, pero yo estoy muerto de hambre.

Jack asintió con la cabeza y lo siguió. Nunca antes había visto a su tío interesado en una mujer. La tintorería había sido su única pasión desde que Jack podía recordar. Estaba convencido de que si él se hubiera dedicado al negocio familiar, apenas habría soportado unos meses ya que lo encontraba aburrido.

Dixie levantó la vista al ver a Jack y Vincent entrar de nuevo en el refugio.

—Ya pensábamos que habíais ido al manantial o que nuestro fantasma os había llevado lejos.

—Dixie, no bromees con aquéllos que están en otra dimensión.

Jack buscó la mirada de Dixie, pero ella no estaba prestando atención.

—Mamá, a menos que los fantasmas sean capaces de hacer camas o preparar ramos de flores, no creo que tengamos de qué preocuparnos. Nuestro intruso es de carne y hueso.

—Haz las maletas —dijo Estelle poniéndose bruscamente de pie y tirando su silla—. Nos vamos.

Dixie sonrió.

—Tengo veintisiete años y si me voy, pierdo el refugio.

—Y yo tengo cincuenta —dijo Estelle mirando hacia Vincent—. Dixie, soy tu madre y una cosa es vivir en las montañas y otra tener que enfrentarse a un misterioso criminal.

—Estelle, confía en mí. Si creyera que

Dixie pudiera estar en peligro, la sacaría de aquí aunque tuviera que hacerlo en brazos.

Dixie se giró lentamente hacia Jack y por un momento sus ojos reflejaron sorpresa. Pero enseguida ese brillo desapareció.

—Comamos algo y luego iremos a Pagosa Springs. No hay ninguna regla que nos prohíba salir del refugio un rato para poder relajarnos.

Todos se sentaron alrededor de la mesa y comenzaron a comer.

Jack dio un bocado a una galleta y se preguntó qué le estaba pasando. Si jugaba bien sus cartas, Estelle acabaría convenciendo a Dixie para que regresara a Denver y él ganaría el refugio.

Jack observó cómo su tío hacía un comentario a Dixie haciéndola reír. ¿Por qué era tan fácil reír al lado de Dixie?

Quizá fuera algo de lo que sólo él se había percatado: la manera en que se movía, su natural desparpajo, su inteligencia, su... Aquello era ridículo. Estaba allí para alcanzar una meta, ganar el refugio y no para enamorarse de una mujer comprometida con otro, por muy atractiva que fuera. ¿Por qué se le olvidaba ese detalle? Aquella mujer cada vez estaba más presente en sus pensamientos, por no mencionar sus fantasías.

Capítulo nueve

UN rato más tarde, recorrieron el camino lleno de baches en el coche de alquiler de Vincent y Estelle. Jack sujetaba con fuerza el volante para evitar perder el control del vehículo.

¿Cómo había conseguido su tío llegar hasta el refugio? Aunque teniendo en cuenta que Dixie lo había hecho en su destartalado coche, sería más fácil hacerlo en cualquier otro medio de transporte.

Habían dejado a Sadie y a Tigger en el refugio para vigilarlo.

Jack miró a Dixie que estaba sentada a su lado. Estelle había insistido en que se sentaran en los asientos delanteros mientras Vincent y ella lo hacían en el trasero.

Jack giró bruscamente el volante para esquivar otra piedra y sonrió. Se había dado cuenta de que cada vez que lo hacía, Dixie se inclinaba hacia él. Cada vez que sus hombros se tocaban, Dixie se ruborizaba y eso le gustaba y mucho.

—Jack, ¿crees que podremos averiguar algo sobre el anterior propietario del refugio en el pueblo? —dijo Vincent rompiendo el silencio.

Jack vio por el espejo retrovisor que Estelle abría los ojos como platos y a continuación se quedaba pálida. ¿De dónde habría sacado Dixie ese desparpajo cuando su madre parecía ser tan tímida?

—Podemos intentarlo, pero no sé qué pensarán de un intruso que se muestra amable con sus víctimas. Esta mañana no dieron importancia a nada de lo que les contamos.

Dixie bajó la ventanilla.

—Lo único que puedes sentir es pena por ese hombre, suponiendo que sea él el que está detrás de todo esto.

Estelle se cruzó de brazos.

—Es repulsivo husmear entre las cosas de otras personas. Gente como ésa necesita ayuda profesional.

—Mamá, ese pobre hombre se quedó plantado en el altar. La mujer a la que amaba lo abandonó —dijo Dixie girándose en su asiento para mirar a su madre—. Si ha sido él, cosa de la que todavía no estamos seguros, sentiría lástima. Alguien que ha amado tan profundamente, nunca podrá superarlo —y enderezándose en su asiento, cerró los ojos disfrutando del aire que entraba por la ventanilla.

Jack se obligó a mirar la carretera y no a la mujer que estaba junto a él. Sentía celos de los mechones de pelo que acariciaban sus mejillas. Por la noche que había compartido, sabía lo suave que era su piel y lo bien que olía a limpio y fresco. Pero era algo prohibido y desde luego no podía formar parte de sus planes.

El resto del viaje transcurrió en silencio. Ninguno parecía interesado en discutir la opinión de Dixie sobre el anterior propietario del refugio.

Jack recordó lo que había dicho. Aunque a simple vista pareciera una mujer realista y racional, en el fondo era una romántica.

¿Cómo conseguía mantenerse optimista? El trabajar con muchachos que se habían ido de casa y que afrontaban toda clase de problemas, le había mostrado el lado más duro de la vida.

—¿Has visto esa señal, Jack?

La mano de Dixie apretando su brazo lo devolvió a la realidad. Por el modo en que lo miraba, era evidente que había tratado de llamar su atención varias veces antes de lograrlo.

—Lo siento. Estaba recordando un caso. ¿Qué señal era?

Dixie pareció advertir que seguía agarrada a Jack y rápidamente lo soltó.

—La señal indicando que quedan diez kilómetros para llegar a Pagosa Springs.

Por fin llegaron a la parte asfaltada de

la carretera. Por desgracia, aquello suponía dejar de rozar el hombro de Dixie.

«Me estoy convirtiendo en un sentimental».

A través de la ventanilla, Dixie observó el pueblo de Pagosa Springs. Apenas había pasado unas horas cuando había llegado y eso había sido de noche. Tenía un paisaje pintoresco y estaba rodeado de montañas. A la derecha había un lago que reflejaba la luz del sol. El contraste de los rayos del sol sobre el agua y el intenso verde de los árboles la hizo sonreír.

Todo era perfecto. Parecía un sueño. ¿Qué pasaría si después de jugarse el refugio a cara y cruz su sueño no se hacía realidad? ¿Qué pasaría con sus chicos? Bueno, no eran exactamente suyos, pero estaban en su corazón y pasara lo que pasara, encontraría la manera de cuidar de ellos.

—Dixie —dijo Estelle rompiendo el silencio.

—¿Sí? —respondió volviendo a la realidad.

—Hemos pasado una indicación de aguas termales. ¿Crees que serán salubres?

Jack tosió tratando de disimular la risa. Dixie sonrió y miró hacia otro lado. Algunas cosas nunca cambiaban y el miedo de su madre por determinados detalles era una de ellas.

—Estoy segura de que se trata de una instalación pública controlada por el departamento de sanidad.

—¿Qué te parece, Vinnie? —preguntó Estelle a Vincent dándole en la mano—. ¿Crees que deberíamos probar uno de esos manantiales?

—Me parece una idea estupenda —dijo Vincent dejando su mano sobre la de Estelle—. ¿Qué te parece a ti, Jack? ¿Crees que podrías mostrarnos tus habilidades en el agua?

Dixie miró a Jack.

—¿Eres nadador?

Jack tomó la calle principal antes de contestar.

—Fui a la universidad gracias a una beca de natación.

Dixie lo miró de reojo.

—Lo sé, no parezco el típico nadador —continuó Jack—. Pero la natación me ayudó a pagar mis estudios.

—No quiero ser aguafiestas, pero… —comenzó a decir Estelle

Dixie mantuvo la mirada fija al frente para evitar que su madre la viera sonreír. Si había una palabra que definiera a Estelle, era precisamente aguafiestas.

—¿Qué pasa, mamá?

—Cariño, no hemos traído los bañadores.

—No veo inconveniente en dejaros a ti y al tío Vincent haciendo unas compras, mientras nosotros tratamos de averiguar algo —propuso Jack mirando a Dixie.

—¡Estupendo! —exclamó Estelle.

Unos minutos más tarde, después de dejar a Vincent y a Estelle en el centro, aparcaron el coche frente a la oficina de turismo. Jack apagó el motor y rápidamente salió y dio la vuelta al coche para abrirle la puerta a Dixie.

Ella se quedó mirándolo sorprendida.

—Gracias.

Jack se preguntó si alguien le habría abierto la puerta del coche alguna vez.

Entraron en la oficina de turismo y observaron la propaganda con las atracciones locales. Un gran mapa de la ciudad cubría una de las paredes.

—Hola, ¿puedo ayudarlos? —preguntó una mujer menuda de pelo canoso al otro lado del mostrador.

Jack y Dixie se giraron hacia la mujer.

—Queríamos hacer unas compras y luego

ir a las piscinas de aguas termales —dijo Jack acercándose al mostrador.

—¿Van a quedarse en la ciudad mucho tiempo? —preguntó la mujer sonriendo.

—Sólo unos días, Betsy —respondió Jack leyendo su nombre en la solapa—. Nos estamos quedando en el refugio Crazy Creek.

Betsy lo miró asombrada.

—¡Qué interesante!

Dixie se acercó al mostrador.

—Quizá pueda indicarnos dónde podríamos averiguar más sobre el refugio. Es un sitio fascinante y quisiéramos saber más.

La mujer miró a su alrededor como para asegurarse de que no hubiera nadie más allí.

—Lo mejor será que hablen con Clyde Church y le pregunten por su tío Bill.

—Sí, hemos hablado con él esta mañana —intervino Jack. Quería conocer otro punto de vista acerca del refugio y no sólo el de un familiar del antiguo dueño—. Quizá usted pueda darnos más datos.

—Bueno, es algo de lo que no hablamos en mi familia.

Dixie miró a Jack asombrada. ¿Acaso era también familia de Bill?

Betsy suspiró.

—Cynthia es mi prima.

Preocupada porque alguien pudiera oírlos, Betsy los hizo pasar a una zona más reservada. Había un sofá de cuero y unas cuantas sillas puestas alrededor de la chimenea. Aunque era abril, el fuego estaba encendido.

Una vez se hubieron sentado, Betsy permaneció de pie dando la espalda a la chimenea.

—Cynthia rompió el corazón del pobre Bill —dijo con gran dramatismo. Jack estaba seguro de que no era la primera vez que contaba esa misma historia y que disfrutaba repitiéndola una y otra vez—. Cynthia había estado fuera del pueblo y nada más verla en la fiesta de la primavera, Bill se enamoró de ella. Él siempre había sido muy tímido con las mujeres, pero se superó y sacó a Cynthia a bailar.

Betsy sonrió al recordar la escena. Dixie tamborileó con los dedos en la silla y Jack se reclinó hacia delante.

Dixie entrelazó sus manos sobre su regazo para disimular su impaciencia.

Después de sonreír embelesada durante largos segundos, Betsy respiró hondo.

—¿Dónde estábamos? Ah, sí, la fiesta de la primavera. Cynthia era más alta que Bill. Hacían una pareja extraña, pero él no dejó de observarla durante toda la noche.

El sonido de una tos detrás de ellos llamó su atención. Dixie se giró y vio a su madre y a Vincent cada uno de ellos con una bolsa. ¿Cuánto tiempo llevaban allí?

Vincent le dio su pañuelo a Estelle y ésta se secó los ojos. Al parecer su madre tenía un corazón tan blando como el suyo.

Jack sonrió a la mujer.

—Siento interrumpir, Betsy, pero ¿cómo es que Bill acabó perdiendo el refugio?

—Bueno, seguro que ya saben que ella lo dejó plantado en el altar —dijo Betsy y esperó a que asintieran—. Después de eso, Bill se volvió muy reservado. De vez en cuando hacía algún trabajo y trató de pagar como pudo el refugio. Pero al final no pudo hacerlo y el Estado se lo embargó por no pagar los impuestos.

—Y después, ¿qué pasó? —preguntó Dixie sacudiendo la cabeza.

—Después, no ocurrió nada. Bill aparece por el pueblo de vez en cuando, pero apenas habla con nadie.

Dixie se puso triste, al igual que le había pasado aquella misma mañana cuando Clyde les contó la historia.

Jack se puso de pie y ofreció su mano a Dixie para ayudarla a levantarse. Se había quedado sumida en sus pensamientos. Se quedó mirando fijamente la mano de Jack y al cabo de unos segundos la tomó y se puso de pie.

—Gracias —dijo.

Jack siguió a Betsy hasta el mostrador.

—Le agradecemos su tiempo, Betsy. ¿Sabe dónde podemos encontrar a Bill? Nos gustaría conocer al hombre que construyó el refugio.

—No. Bill vive como un ermitaño. Nunca sabes dónde te lo puedes encontrar.

La campanilla de la puerta sonó y una familia entró en la oficina de turismo. Betsy se dirigió hacia los recién llegados.

Vincent y Estelle estaban junto a Dixie.

Estelle se frotó los brazos como si tuviera frío.

—¡Qué historia tan triste! —dijo Estelle mirando a Jack—. ¿Crees que puede ser él la persona que ha estado merodeando por el refugio? No pensarás hacerle daño, ¿verdad?

—Mamá, Jack no va a hacer daño a nadie —dijo Dixie y girándose hacia Jack, añadió—. Tú eres un experto en la materia, ¿qué se te ocurre que podemos hacer ahora?

—Lo mejor será que disfrutemos el día y nos vayamos a bañar. Ese hombre no nos ha hecho nada, no tiene sentido que le busquemos como si fuera un fugitivo.

Aquella respuesta no sorprendió a Dixie.

Estaba viendo una faceta nueva de Jack que le gustaba. A pesar de su apariencia de duro, era un hombre sensible. Preferiría no haber conocido ese lado tierno. Ahora, tenía que admitir que el refugio era un sueño para él tanto como lo era para ella.

¿Cómo iba a conseguir que el refugio se convirtiera en un lugar donde los sueños se hacían realidad en vez de hacerse añicos? Sólo tenía una respuesta para eso, pero estaba muy lejos de hacerse realidad.

Estelle se quedó mirando a Dixie y a Jack. Observaba el modo en que se hablaban y la manera en que sus ojos se encontraban cada vez que creían que nadie más los estaba mirando.

Después de pasar la mañana estudiándolos, Estelle había sacado sus propias conclusiones. Eran unos completos estúpidos en lo que al amor se refería. Ninguno de los dos parecía saber nada de amor.

Ahora entendía por qué su hija se había inventado toda aquella historia de su compromiso con Guy. Se sentía atraída por Jack y eso la asustaba.

¿Cómo podía ayudarlos a darse cuenta de la atracción que sentían el uno por el otro?

Capítulo diez

DIXIE se miró una vez más en el espejo. El traje de baño que su madre le había comprado mientras ella y Jack estaban en la oficina de turismo no era precisamente lo que tenía en mente. ¿Cómo había podido confiar en su madre?

¿Cuándo aprendería a decir que no?

Estelle había encontrado lo que para ella eran los perfectos trajes de baño. Dixie confiaba en que su madre comprara algo decente. Pero lo que su querida madre había comprado estaba lejos de ser decente. Aquella prenda apenas le cubría el trasero.

¿Cómo se iba a atrever a ponérselo delante de Jack? Aquello no ayudaría a rebajar la atracción que había entre ellos.

—Mamá, cuando salgas, voy a matarte —dijo Dixie desde la cabina del vestuario donde se había cambiado de ropa. Por más que tiraba, no lograba cubrir su trasero con la escasa tela del biquini..

—Yo sólo he elegido algo que sabía te iba a quedar bien —dijo Estelle desde su cabina—. Siempre ocultas tu bonita figura con esa ropa tan mojigata. Las mujeres de la familia siempre nos hemos caracterizado por tener una buena figura. Es hora de que empieces a lucir la tuya.

—Éste no es el sitio ni el momento adecuado —dijo Dixie, aunque no estaba segura de que hubiera un lugar adecuado para lucir aquel brillante biquini amarillo. Le hacía el pecho generoso aunque le gustaba cómo el color realzaba su piel.

No, no estaba dispuesta a convertirse en una víctima de la moda. No le gustaba llamar la atención por la ropa que llevaba ni por enseñar más de lo que le parecía adecuado. Consideró la posibilidad de bañarse con la camiseta puesta, pero así sólo conseguiría llamar más la atención. No le quedaba más remedio que ponerse el biquini e intentar que no fuera evidente lo incómoda que estaba con él.

—Entre este diminuto trozo de tela que tú llamas biquini y el camisón sexy que Maggie me metió en la maleta, no sé con cuál de las dos debería estar más enfadada —dijo Dixie en voz alta para sí misma mientras dejaba de buscar la manera de ocultar su cuerpo. Salió fuera y esperó junto a la cabina de su madre—. No puedes estar ahí dentro para siempre. Sal y deja que vea tu bañador.

Estelle abrió un poco la puerta.

—Dime la verdad. ¿Me queda bien? Ya no tengo el cuerpo de antes y no quisiera estar ridícula.

Por fin salió de la cabina. Llevaba un bañador rojo atrevido y a la vez elegante.

—Es perfecto para ti. Clásico y deslumbrante.

—¿Crees que a Vinnie le gustará?

—Mamá, acabas de conocerlo —dijo Dixie apreciando un brillo especial en los ojos de su madre—. ¿Qué ves en él?

—Ay, cariño. No sé cómo explicarlo, ¿cómo te diría yo? Es ese algo especial que cuando llega sabes que está ahí. Es todo un caballero: me abre las puertas, está pendiente de mí, me escucha cuando hablo. Es diferente a cualquier otro hombre que he conocido.

Dixie tuvo que recordarse que su madre estaba hablando de Vincent. Aquella descripción podía ser perfectamente la de Jack: un considerado y atento caballero, que además besaba muy bien.

Pero seguía siendo su rival, el obstáculo de su sueño. Como ella lo era para él. Por no mencionar a la mujer de su vida: Emma.

Qué mala suerte tenía. Para una vez que encontraba un hombre que volvía locas sus hormonas, resultaba ser su rival. Y encima, su madre se estaba enamorando del tío de ese hombre. ¿Podían complicarse aún más las cosas?

Jack se echó la toalla al hombro y siguió a su tío fuera de los vestuarios. Miró hacia las piscinas y no vio a Dixie ni a su madre.

De pronto le pareció verla, pero no estaba seguro de que fuera ella. Nunca habría imaginado que tuviera ese aspecto en biquini, ni en sus más ocultas fantasías.

Jack retrocedió y se ocultó entre las sombras del edificio mientras observaba cómo Estelle y Dixie se encontraban con Vincent. Era evidente por la manera en que Dixie se había echado el pelo hacia delante, que estaba cohibida. Pero, ¿por qué?

Vio cómo tomaba una toalla del montón y se la colocaba alrededor del cuerpo. ¿Estaría avergonzada por llevar aquel biquini? Con un cuerpo como el que tenía, seguramente no sería la primera vez que se ponía un diminuto biquini como el que llevaba.

Aunque por lo que sabía de ella, quizá no fuera así. Dixie era una mezcla de contrates: de puro fuego cuando besaba a delicada virgen en un biquini capaz de volver loco a un hombre.

De pronto, Vincent se giró y señaló en su dirección. Estelle lo saludó con la mano y le hizo una señal para que se acercara. Había llegado el momento de enfrentarse a la tentación.

—Estelle me estaba hablando de la tienda donde compró los trajes de baño —dijo Vincent con una mano apoyada en el hombro de Estelle.

—Parece que ha elegido muy bien —dijo Jack mirando sonriente a Dixie.

Dixie levantó la barbilla. Estuviera nerviosa o no, Jack sabía que no dejaría que se le notara. Ése era el tipo de mujer que parecía ser: decidida y orgullosa.

Estelle y Vincent se dirigieron hasta una de las piscinas y se sentaron en el borde metiendo las piernas en el agua.

—¿Quieres que nos metamos poco a poco o que nos tiremos de cabeza? —preguntó Jack.

Dixie abrió los ojos como platos y al cabo de unos segundos se quitó la toalla.

—Yo voy a tirarme. Veamos si eres capaz de seguirme —y dándose media vuelta se dirigió al borde del agua y ejecutó un salto perfecto.

«Una mujer que sabe nadar. Me gusta eso».

Además, le gustaba que una mujer que aceptaba un desafío tuviera las agallas para llevarlo a cabo hasta el final.

Dejó su toalla sobre la de Dixie, se tiró al agua y buscó a la sirena del biquini amarillo.

Nuevamente resonaron las carcajadas dentro del coche después de que Vincent imitara a Humphrey Bogart.

Pero Dixie no prestaba atención. Su mente estaba puesta en el hombre que estaba junto a ella y con el que se había divertido en la piscina observando cómo Estelle simulaba resbalarse para provocar que Vincent la ayudara y así agradecerle su ayuda con un beso.

Dixie había comprendido por qué Jack había formado parte del equipo de natación de su universidad. Era como si tuviera aletas y branquias. Era un espectáculo verlo nadar y tirarse de cabeza. Y por supuesto, admirar su cuerpo.

—Dixie, cariño, ¿por qué no haces tu imitación de Dolly Parton? —propuso Estelle.

Dixie vio cómo Jack desviaba los ojos de la carretera y dirigía una mirada fugaz a su pecho. ¿Por qué su madre no había elegido a alguien más inocente como Shirley Temple?

Pero no estaba dispuesta a arruinar la diversión de todos sólo porque ella sintiera un pellizco en el estómago por la atención que Jack le estaba prestando.

Dixie imitó la voz aguda de Dolly Parton y los demás aplaudieron.

—Otra, otra —dijo Vincent dándole una palmada en el hombro.

Dixie se ruborizó.

—No a menos que alguno de vosotros imite a Kenny Rogers y hagamos un dúo.

Jack se detuvo al llegar al refugio.

—Ni por todo el oro del mundo —dijo Jack.

Dixie hizo amago de abrir la puerta y Jack la detuvo agarrándola del brazo.

—Espera.

Dixie esperó, así como Vincent y Estelle.

Jack recorrió con la mirada la fachada del refugio. Incluso se volvió en su asiento para mirar detrás del coche. Dixie se estaba poniendo nerviosa.

—¿Qué ocurre, Jack?

Él dejó de observar a su alrededor y la miró.

—¿Habéis notado algo diferente?

—Claro que no. Bueno, los perros, ¿dónde están los perros? —dijo Dixie mirando alrededor—. Deberían haberse acercado corriendo a nosotros.

Estelle se inclinó hacia delante.

—Quizá estén por ahí y no nos hayan oído.

Jack frunció el ceño.

—Es posible, pero Tigger siempre está atento. Cuando alguien se acerca, siempre aparece corriendo. Se lo he enseñado para que proteja a Emma.

Aquel comentario hizo que Dixie se preguntara si vivía con Emma.

Vincent abrió su puerta.

—Señoras, si nos dan un par de minutos nos aseguraremos que el interior del refugio está en orden.

Jack miró sonriendo a su tío.

—Es evidente que has visto muchas películas policíacas.

Vincent sonrió y salió del coche.

—¿Vamos a pasarnos todo el día hablando o qué?

—Cierra las puertas, Dixie. Quiero asegurarme que todo esté bien —dijo Jack y siguió a su tío hasta el refugio.

Después de que desaparecieran tras la puerta principal, Dixie reaccionó. No estaban en una de esas novelas de misterio y ella no era ninguna estúpida.

—Mamá, voy a dar una vuelta alrededor —dijo Dixie bajando la ventanilla.

—Cariño, nos han dicho que esperemos en el coche —protestó Estelle.

—¿Y?

—Siempre has sido una cabezota —dijo Estelle abriendo su puerta—. Venga, vayamos a.... ¡oh!

La exclamación de Estelle asustó a Dixie quien se golpeó con el marco de la puerta. ¿Qué le pasaba ahora?

De repente vio lo que había asustado a

su madre. Había un hombre mayor parado frente al coche. Tenía los hombros caídos y llevaba una camisa limpia de franela. Su rostro también estaba limpio y recién afeitado. Su pelo estaba perfectamente peinado.

Dixie sintió la mano de su madre sobre el hombro que la apretaba con fuerza. Quería tranquilizarla, pero no sabía qué decir.

El hombre se acercó hasta la puerta. ¿En qué estaba pensando para bajar la ventanilla? ¿Por qué no había hecho caso de lo que Jack le había dicho?

De pronto vio las flores. El hombre sujetaba un gran ramo de flores silvestres en su mano derecha. Sus miradas se encontraron y Dixie vio en sus ojos azules las mismas emociones que ella sentía: aprensión, cautela y esperanza.

Dixie abrió la puerta.

—Cariño, ¿qué estás haciendo? —preguntó Estelle asustada.

Al oír a Estelle el hombre se detuvo. Parecía asustado y miró hacia el bosque. Era evidente que dudaba entre permanecer allí o escapar.

—Mamá, voy a saludar a nuestro invitado —dijo Dixie tranquilamente.

Por una vez en su vida, Estelle obedeció y permaneció en silencio. Dixie salió del coche y se quedó frente al hombre. Era unos diez centímetros más alto que ella y era más joven de lo que había pensado en un principio. Las arrugas de su rostro lo hacían parecer mayor de lo que en realidad era.

—Buenos días —dijo Dixie en tono amable para evitar que se asustara.

El hombre parecía estar librando una batalla interna, aunque parecía que finalmente había tomado una decisión.

—Son para usted —dijo ofreciendo las flores a Dixie.

Ella alargó la mano y aceptó el regalo.

—Son preciosas. ¿Trajo usted el otro ramo, verdad?

—Sí.

—Eran muy bonitas también —dijo oliendo las flores—. Me llamo Dixie.

—Lo sé —repuso él dando un paso atrás.

—Por favor, no se vaya —dijo Dixie evitando sujetarlo por el brazo.

—Usted es Bill, ¿verdad? —preguntó Dixie. Él se sorprendió. Si no hacía algo, él se iría—. Me alegro de conocerlo por fin. Su refugio es muy bonito.

—Ya no es mío.

Sus palabras reflejaban el dolor que sentía. ¿Qué podía decir? Al fin y al cabo, era cierto.

—Pero con todo el trabajo que ha puesto en él, una parte del refugio siempre será suyo.

—¿Qué hará con él si lo gana? —dijo Bill. Parecía conocer el concurso de la emisora de radio.

¿Cómo podía explicar con palabras todos sus sueños y esperanzas?

—Quiero que sea un centro para ayudar a niños.

Una tímida sonrisa se dibujó en el rostro de aquel hombre.

—Me gustaría ver muchos niños aquí. Eso estaría bien.

—Jack también puede ser el ganador. Estoy segura de que sus planes también son buenos —dijo Dixie. A pesar de que Jack no estaba presente, se sentía obligada a defenderlo sin saber qué era lo que iba a hacer con el refugio en caso de que fuera él el ganador. Bill se quedó pensativo—. Sólo puede ganar uno —añadió.

—Lo sé.

Bill se acercó a ella y la miró a los ojos.

—Lo que tenga que ser, será —dijo y acarició la mano de Dixie antes de alejarse lentamente.

Dixie quería que se quedara y que contestara a todas las preguntas que tenía en la cabeza. Quería decirle que a pesar de que su sueño de una vida junto a Cynthia no se había cumplido, había otros sueños que podían hacerse realidad allí. Pero ya se había ido. Había desaparecido tras los árboles, dejando las flores y una triste sonrisa en el rostro de Dixie.

Jack esperó a que el hombre se hubiera marchado para salir de detrás de su camioneta. Al mirar por la ventana desde el interior del refugio y ver al hombre acercarse al coche, su corazón había dado un vuelco. En vez de seguir sus instintos e intimidar al hombre para que se fuera, había decidido salir y quedarse a escasa distancia de él por si fuera necesaria su ayuda. Desde allí, había podido oír la conversación.

Había oído a Dixie defender su sueño y el de él, sin siquiera saber cuál era el suyo. Jack se acercó a Dixie y tocó su hombro con suavidad. Ella se giró para mirarlo mientras dos lágrimas surcaban sus mejillas.

—¿Lo has visto, Jack? —dijo Dixie mirando hacia el lugar por el que Bill había desaparecido—. ¡Qué hombre tan sensible!

—Sí, no he querido interrumpir —dijo atrayéndola hacia él para abrazarla—. Eres muy valiente.

—Gracias por confiar en que podía arreglármelas yo sola.

Estelle se acercó al ver a Vincent saliendo del refugio.

Jack se quedó mirando hacia los árboles por los que Bill había desaparecido. Una vida frustrada por un sueño no conseguido. ¿Cómo podía evitar que lo mismo le sucediera a ella?

Jack estrechó a Dixie con fuerza. No sabía cómo, pero estaba dispuesto a conseguir que los sueños de aquella mujer se hicieran realidad.

Después de charlar mientras tomaban un refrigerio, Dixie había convencido a su madre de que lo mejor era que se fueran a dormir al pueblo en lugar de quedarse en el refugio.

Al ver a su madre alejarse en el coche con Vincent, cayó en la cuenta de que aquélla era la última noche en el refugio antes de que se lo jugaran a cara y cruz. Quizá por eso quería que todo estuviera como las noches anteriores y que los únicos allí fueran Jack y ella, además de los perros.

Fuera cual fuera el motivo, estaban solos. El silencio que reinaba tras la marcha del coche se le hacía extraño. A pesar del canto de los pájaros y del sonido del aire entre las ramas de los árboles, Dixie sólo oía los latidos de su corazón.

Jack lanzó un palo a cada perro, ajeno a

todo. ¿Era sólo su imaginación? ¿Sentía Jack algún tipo de atracción hacia ella?

En ese momento, Jack se giró y vio cómo lo estaba observando. Aquella mirada fue la respuesta a lo que se estaba preguntando unos segundos antes. Jack la deseaba. Fueran cuales fueran sus sentimientos realmente, Dixie sabía que la atracción era mutua.

—Aprovecharé lo que queda de día para bañarme en el manantial —dijo Dixie desviando la mirada.

Jack tiró otro palo de madera a los perros.

—Ten cuidado. Y esta vez, deja la ropa en los arbustos.

Sonriendo, Dixie entró en el refugio.

Jack esperó a que Dixie llamara a Sadie y se dirigiera junto a la perra hacia el manantial. Entonces, se tumbó en el suelo y comenzó a hacer flexiones. Veinte, treinta, cuarenta y así hasta que completó una serie de ochenta y se dejó caer en la hierba. El ejercicio lo había ayudado a mantener lejos de sus pensamientos a Dixie, pero sólo durante el tiempo que había tardado en hacerlo.

Otra vez tenía a Dixie en la cabeza. ¿Qué podía hacer? Ella estaba prometida a otro hombre para casarse.

De alguna manera, aquella mujer había conseguido hacerle bajar la guardia. Jack quería concentrarse en sus objetivos, pero no podía.

Estaba agradecido de que Vincent hubiera aceptado pasar la noche en el pueblo cuando se lo propuso. En aquel momento, quería estar a solas con Dixie, pero ahora no estaba tan seguro.

Siempre había estado seguro de todo. Siempre había sabido lo que quería y cómo conseguirlo. Excepto ahora. Sabía lo que quería, pero no podía tenerlo. Y por primera vez, era una mujer lo que deseaba.

Pero, ¿cómo lograr que Dixie le diera una oportunidad y abandonara al hombre de su vida?

Capítulo once

DIXIE se metió en el agua. Se quedó flotando y trató de relajarse trasladando su mente a un lugar donde no hubiera que tomar decisiones, donde sólo brillara la luz del sol y los días fueran cálidos.

Pero eso estaba lejos de la realidad y lo sabía. Además, de vez en cuando le gustaba disfrutar de los días nublados. Eso hacía que los soleados fueran todavía más maravillosos.

¿Cómo había logrado que su corazón no sufriera hasta ahora? Siempre le había sido fácil refugiarse en el trabajo cada vez que un hombre quería algo con ella.

Pero esta vez, era ella la que deseaba a un hombre. Tenía que admitir que le gustaba Jack, aunque su relación con Emma se interpusiera entre ellos.

Le gustaba que hubiera confiado en ella tanto como para dejar que tratara a solas con Bill. Sus modales eran los de un perfecto caballero. Y para ser honesta consigo misma, tenía que reconocer que la atracción física que sentía por él nunca la había sentido por ningún otro hombre.

Dixie sumergió la cabeza en el agua. Había muchos otros hombres guapos. ¿Por qué Jack?

Porque hablaba su corazón y no su cabeza. Si fuera sólo su mente, podría luchar contra lo que sentía. Pero era su corazón y no sabía cómo ignorar aquellos sentimientos. Aunque lo cierto era que tampoco quería ignorarlos.

Anochecía lentamente mientras Dixie regresaba al refugio. Sadie corría delante deseosa de encontrarse con Tigger.

Se veía luz a través de las ventanas del refugio y si su imaginación no la engañaba, olía a carne a la parrilla.

Entró en la cocina por la puerta trasera y siguió a Sadie hasta el salón. Jack estaba agachado junto a la chimenea y Tigger ladró al ver a Saddie.

Estaba en casa.

—¿Dónde has encontrado eso? —dijo Dixie señalando la parrilla de hierro colocada sobre el fuego y en la que se estaban asando dos enormes chuletones.

—Dentro del horno de la cocina —respondió Jack dando la vuelta a los chuletones con unas pinzas metálicas—. ¿Tienes hambre?

—Sí. ¿Hay algo que pueda hacer para ayudarte? —preguntó Dixie dejando sobre una de las mecedoras la toalla húmeda.

—Emma me puso una botella de vino dentro del equipaje. ¿Te apetece una copa? Está en la encimera de la cocina.

Dixie fue hasta la cocina y se sirvió una copa. ¿Por qué Emma metería una botella de vino para Jack cuando sabía que estaría allí solo con otra mujer? ¿Confiaba tanto en él?

Dixie sirvió otra copa para Jack. Había llegado el momento de ser clara y hacer todas esas preguntas que tanto la intrigaban.

Sólo quedaba una noche para que cada uno siguiera con su vida y Dixie había decidido ir directamente al grano y ser honesta. ¿Qué podía perder?

Volvió al salón con las dos copas y lo que vio la hizo detenerse en seco. Jack había aprovechado para bajar la colcha de la cama y colocarla en el suelo frente a la chimenea. Había colocado encima dos platos con los chuletones y unas patatas.

—No tenía ni idea de que fueras tan buen cocinero —dijo Dixie tratando de mostrarse tranquila y calmada—. ¿Dónde están los perros?

—Los he encerrado arriba en mi habitación —respondió él mirándola.

El temblor de su mano al entregarle la copa

de vino, reveló su nerviosismo. Rápidamente, Dixie se sentó frente al plato más cercano.

—He sido un boy scout y la carne con patatas es mi especialidad —dijo Jack sonriendo—. Es lo único que Emma me deja preparar.

—Emma es una parte muy importante de tu vida, ¿verdad?

—Sí, muy importante.

Jack levantó la copa para hacer un brindis.

—Por una gran rival, además de una mujer encantadora.

Dixie dudó un segundo, deseando que se hubieran conocido en circunstancias diferentes.

—Lo mismo digo —dijo ella acercando su copa a la de él.

A continuación, disfrutaron de la suculenta comida.

—Si tu trabajo como investigador privado alguna vez te falla, no dudes en dedicarte a la cocina —dijo riendo Dixie—. Aunque tengas una única especialidad.

—De hecho —comenzó Jack y tomó un sorbo de vino—, he estado pensando seriamente dedicarme a otras cosas. Emma y yo habíamos pensado que el refugio podía ser una forma de romper con todo y empezar de nuevo.

Dixie estuvo a punto de atragantarse al oír aquello y rápidamente dio un largo trago a su copa de vino. Había perdido la cabeza por un hombre que no estaba disponible. Pero por duro que fuera, no estaba dispuesta a seducir a un hombre que pertenecía a otra mujer.

—Emma necesita un cambio —continuó Jack—. Se lo merece.

Dixie sentía que se ahogaba. Las lágrimas asomaron a sus ojos y se llevó la mano al pecho para tratar de tragar un trozo de patata.

—Dixie, ¿te has atragantado? —preguntó Jack poniéndose de pie.

Por la expresión de su rostro, Jack supo que así era y rápidamente se colocó detrás de ella. La puso de pie de un tirón, la rodeó con los brazos y con los puños cerrados hizo presión en su abdomen.

Dixie comenzó a toser. Volvía a respirar.

—¿Estás bien? —preguntó Jack que seguía sujetándola.

—Sí, gracias —respondió pálida.

—Me has dado un susto de muerte —dijo Jack volviendo a sentarse en su sitio.

Dixie dio un trago de vino y trató de recordar lo que había provocado que se atragantara.

—Jack, acerca de Emma…

—Mi tía —dijo Jack mirándola fijamente—. ¿Qué pasa con ella?

Dixie no pudo responder. Comenzó a reírse y a balancearse de atrás hacia delante.

—Dixie, ¿te estás atragantando otra vez? —preguntó Jack haciendo amago de levantarse.

Haciéndole un gesto con la mano para que volviera a sentarse, Dixie se secó los ojos y trató de tranquilizarse.

—Lo siento, es que... pensé que... —comenzó Dixie y respiró hondo antes de continuar—. Pensé que Emma sería tu atractiva secretaria de la que estabas locamente enamorado.

Jack se quedó mirándola fijamente.

—¿De dónde has sacado esa idea?

—Bueno, no me habías dicho quién era exactamente.

—¿Y no podías haberlo preguntado? —preguntó Jack sonriendo al darse cuenta de la confusión.

—Bueno, yo... —dijo Dixie y tomó otro sorbo de vino. Por el temblor de sus dedos, había llegado el momento de comer más y beber menos—. No me parecía que tuviera derecho a preguntar nada sobre la mujer con la que creí tenías una relación.

De pronto se dio cuenta de que había sido más clara de lo que en un primer momento había pretendido y se concentró en cortar otro trozo de carne para evitar encontrarse con los ojos de Jack.

—Dixie —dijo él y esperó hasta que ella lo miró—. Yo no estoy con nadie, pero tú sí.

En ese momento, Dixie supo que estaba perdida. Ya no había otra mujer que supusiera un obstáculo por lo que sentía hacia Jack.

Durante las siguientes dos horas, Dixie evitó decirle que Guy no era su prometido. Era la última defensa que le quedaba para proteger a su corazón. Le contó historias sobre los chicos con los que trabajaba, así como de Maggie y de su madre. Jack la escuchó con atención.

Después de cenar, fregaron los platos juntos y un tenso silencio se hizo entre ellos. Jack permanecía callado y de vez en cuando la miraba con el ceño fruncido.

«¿Por qué me mira así?»

Se pasó discretamente la punta de la lengua por los dientes para asegurarse que no se le hubiera quedado ningún resto de comida. Se sentía relajada después de disfrutar de la buena comida, el excelente vino y la estimulante compañía.

Por fin terminaron de recoger. Dixie se quedó parada junto a la puerta de la cocina mientras Jack cerraba la nevera portátil. Luego, se giró y caminó hasta ella. Tomó su barbilla y la obligó a levantar la cabeza para mirarlo a los ojos.

—¿Sabes que te quiero? —preguntó Jack directamente.

Dixie se estremeció y puso una mano sobre la de Jack.

Jack se quedó quieto unos segundos por si Dixie quería detener lo que ya parecía inevitable.

Jack aproximó los labios a los de Dixie. El beso se hizo más profundo y sus cuerpos se aproximaron.

Pero de repente, todo él se apartó.

—Buenas noches, Dixie —dijo Jack dándole un beso en la mejilla—. Vete subiendo si quieres. Yo voy a sacar a los perros. Hasta mañana.

Jack salió de la cocina al exterior y Dixie se quedó allí confundida.

¿Qué acababa de pasar? ¿Por qué se había ido así?

Seguramente su compromiso con Guy había hecho que Jack decidiera mantener las distancias. Era eso lo que había pretendido con aquella mentira, ¿no? Si era así, ¿por qué de repente se arrepentía de habérsela inventado?

Dixie se despertó a la mañana siguiente escuchando el sonido de los pájaros y se estiró en la estrecha cama en la que había dormido.

A pesar de que se había metido en la cama sintiendo un fuerte deseo por Jack, se había quedado dormida enseguida. La mezcla del vino y de la calidez de las sábanas la había hecho caer en un sueño profundo en el que la imagen de Jack no había faltado.

Había llegado el día. Tenían que jugarse el refugio a cara y cruz.

Había llegado el momento de tomar una decisión. Aunque realmente no había ninguna decisión que tomar. No podía destruir el sueño de Jack. Eso no se hacía a alguien a quién se amaba.

Sí, lo amaba.

¿Cómo le había podido ocurrir a ella? Era demasiado pronto para encontrar el amor. Había hecho otros planes para su vida. Pero ya no podía hacer nada para luchar contra el destino.

De pronto llamaron a la puerta.

—Dixie, ¿estás despierta ya?

La voz de Estelle sonó al otro lado de la puerta.

¿Qué estaba haciendo su madre allí tan temprano?

La puerta se abrió y Estelle entró en la habitación. Sonriendo, se acercó hasta la cama y se sentó en ella.

—Cariño, tienes quince minutos para arreglarte y bajar antes de que ese abogado lance la moneda.

Dixie se incorporó alarmada.

—¿Qué hora es?

—Casi mediodía —dijo Estelle mirándola—. Jack está abajo.

—Estoy enamorada de Jack.

—Lo sé, por eso le dijiste que estabas comprometida con otro hombre.

—¿Cómo lo sabes?

—Es evidente —dijo tomando la mano de su hija—. Lo importante ahora es saber lo qué vas a hacer.

El señor Granger esperó en el coche junto a otro hombre de rostro pálido. Jack y Dixie se acercaron al coche mientras el hombre salía. Dixie había evitado encontrarse con su mirada desde que había bajado tras vestirse a toda prisa.

El señor Granger alargó la mano hacia Jack, que la estrechó.

—Buenos días, me alegro de que los dos sigan aquí.

—¿Podemos acabar con esto cuanto antes? —dijo Jack sin sonreír.

Dixie se estremeció. Era evidente que Jack quería alejarse cuanto antes de ella. Bueno, eso estaba a punto de suceder. Pero primero tenía que hacerle el único regalo que podía.

El señor Granger se giró hacia su ayudante.

—¿Tienes la moneda?

El joven sacó una pequeña caja de uno de los bolsillos de su abrigo.

—Aquí está, señor.

El señor Granger sacó la moneda de la caja.

—Está bien. Las reglas son sencillas. Cuando tire la moneda al aire, cada uno dirá cara o cruz. Si coinciden, volveré a lanzarla de nuevo.

Dixie se giró a mirar hacia su madre que estaba en el porche con Vincent. Jack parecía tenso.

El señor Granger los miró a los dos y lanzó la moneda al aire. El reflejo del sol hacía brillar las dos caras de la moneda. De pronto una mano agarró la moneda en el aire.

—Caballero, ¿qué está haciendo? No puede hacer eso —dijo el señor Granger.

—Sí que puedo —dijo Jack lanzando la moneda hacia los árboles sin siquiera mirar dónde caía—. No quiero destruir el sueño de Dixie. Necesita este refugio para los chicos. Puede quedárselo, me rindo.

Dixie se quedó mirándolo con la boca abierta. Ella iba a hacer lo mismo, pero él se le había adelantado. ¿Por qué lo había hecho?

—Jack, es muy amable por tu parte, pero quiero que el refugio sea tuyo —dijo Dixie. Sentía los fuertes latidos de su corazón en la cabeza.

—Dixie, quiero ser franco. Sé que estás comprometida, pero te quiero. Quiero que seas feliz. El refugio es tu sueño para esos chicos, así que hazlo realidad —dijo Jack apretando los puños.

Estelle no podía soportarlo más. ¿Es que aquellos dos idiotas no se daban cuenta de lo que estaba pasando?

—Dixie, acabas de reconocer que amas a este hombre —dijo Estelle y girándose hacia Jack, añadió—. Realmente no está comprometida con Guy, sólo se inventó esa historia para mantener las distancias contigo. ¿Soy la única que…?

Estelle sonrió al ver a Jack tomar en sus brazos a Dixie y besarla.

Vincent tiró del brazo de Estelle.

—Vayamos a dar un paseo. Me han dicho que hay un manantial cerca de aquí.

Estelle se fue caminando con Vinnie. Miró atrás y vio a Jack y Dixie ausentes de lo que les rodeaba mientras los dos hombres se subían al coche sin saber muy bien lo que pasaba.

Jack y Dixie harían realidad sus sueños juntos en aquel refugio. Bill vería por fin aquel lugar lleno de felicidad y de muchos niños.

Todo había salido bien.

Epílogo

DIXIE escuchó el sonido de risas y música provenientes del refugio. ¿De verdad hacía tan sólo siete semanas desde el día de la moneda?

Al escuchar las risas de los cuatro muchachos que estaban arreglando los nuevos armarios de la cocina, dejó el paño a un lado. La limpieza de las ventanas podía esperar.

Jack estaba midiendo unos tablones de madera para hacer unos nuevos escalones para el porche, mientras Bill los cortaba con la sierra eléctrica.

Bill seguía siendo un hombre reservado, pero cada día se abría más mientras ayudaba a arreglar el refugio para convertirlo en un hogar para chicos con problemas.

—Dixie —dijo una voz suave—. ¿Estás bien?

—Estoy descansando Emma —contestó sonriendo.

—Ha llegado el momento —dijo Emma. Su voz denotaba excitación.

Dixie siguió a Emma hasta el dormitorio principal que compartía con Jack, su esposo.

En un rincón estaba tumbada Sadie, a punto de dar a luz.

—Está bien —dijo Dixie acariciando la cabeza de Dixie. Quería ayudar, pero no sabía cómo.

Una mano se posó en su hombro. Era Jack.

Emma le hizo una señal para que se fijara. El primer cachorro estaba saliendo. Era una replica en miniatura de Tigger.

Jack se arrodilló junto a Dixie y ambos ayudaron a los nueve miembros de la familia que estaban llegando al mundo en aquel momento.